山东文艺出版社

当植物遇上电影

一番花事 著光影

蓝紫青灰 著

猫小蓟 绘

生命之绿　花园 (代序)

《Greenfingers》（中译《生命的绿色 》）

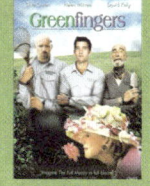

◎片　名　生命的绿色 Greenfingers
◎年　代　2000 年
◎国　家　英国／美国

◎导　演　Joel Hershman
◎主　演　克里夫·欧文 Clive Owen
　　　　　海伦·米伦 Helen Mirren
　　　　　大卫·凯利 David Kelly

据说，人类的历史是从一个花园开始的。他们被上帝逐出了伊甸园，终此一生，都在想念那个花园，梦想回到那个花园。

每个人都有自己梦想中的花园。我梦想中的花园要有紫藤架，春天开着累累的花，垂下如帘，如果画成画，那画纸会被染得粉紫一片。

夏天要有牵牛花，爬满一整面墙，遮挡西晒的阳光，每天早上七点开放第一朵蓝紫色的喇叭花，这是圆叶牵牛。间杂着还种有掌叶牵牛，开玫瑰红的花，喇叭形的花瓣，有丝绒般的质地和光泽。啊，怎么可以少得了天蓝牵牛，像天空一般明净纯粹的蓝色，那是法国人培养的。还有我心爱的粉色牵牛，可以开到下午五点——要知道，圆叶牵牛在中午前后就开谢了。到了夜间，星光匝地，银河横曳，双星杳杳，七夕尚远。葡萄架下扑流萤，牵牛花对牵牛星。这时白天热热闹闹的绿墙上，有白色的月光花静静地展开她的舞裙。

秋天要有菊花，冬天要有梅。这是中国式的园林，中国式的花园，中国人的审美和情趣。

石竹是中国传统名花之一，李白诗云："山花插宝髻，石竹绣罗衣。"可见在唐代它是常见的绣花纹样。

而在一部英国电影《Greenfingers》里，有一群人也在谈论怎么创作一个花园。

大块头说：我想到，在整块地上种满郁金香，有一条小溪，从中间潺潺流过，还有兰开斯特王朝，满城罂粟……

大男孩说：盖个典型的英国花园，但又带点热带风格……

辫子哥说：我在考虑建一个菜园在月球上……

老头说：有花香的花园会好些，种许多英国玫瑰、金银花、百合……

帅哥说：我在考虑那些不同形状和大小的野花，风铃草、向日葵、雏菊……

一边的哥们儿不耐烦了，骂骂咧咧地说：雏菊、郁金香，还有那该死的风铃草吗？我再也受不了了，你的花园，对这个监狱体系是种耻辱。骂完他就走了。那五个男人哈哈大笑，继续商量他们的花园。

这是英国皇家监狱的边缘领地，一个开放式的监狱，典狱长用"自律"来管理等待假释的犯人。这五个人里的帅哥名叫科林，是个死刑犯，在蹲了十五年大牢之后，因表现良好，转到了这个

风铃草在欧洲十分盛行，是常见栽培花卉。它是 7 月 10 日的诞生花。

没有围墙、环境优美、人情味十足的边缘监狱。室友是一个瘦弱的老头，窗口种着一盆扶桑，开着大红色的花朵。

科林初来乍到，面对新生活并没有燃起新希望。圣诞节，老头送他一包种子，两个人在下雪的圣诞夜把这些种子种在了球场边的月桂树林里。

寒冷的一月过去了，多雨的二月过去了，回暖的三月过去了，科林和老头早忘了他们播下的种子。那些柔弱的花苗破土而出，长出了子叶，又长出了真叶，长出了花苞。一个冬天过去，在无人照料的情况下，双叶勿忘我开出了明媚娇美的花，就在含了石灰质的粗砾石泥土里。生命何等顽强又出人意料，科林麻木的心被这些小蓝花打动了。

勿忘我，紫草科草本植物。紫草科的植物有一个特性，颜色长久不褪，即使在干枯之后，也能保持鲜艳的色彩。多少年之后，打开书，当书页已经泛黄，旧日远去，青春不再，而那朵花仍如当时一般翠蓝，如天空，如爱人的眼睛，如知更鸟的蛋，那么，就叫它一声"勿忘我"吧。让时光流转，回到从前，那个春日的下午，与爱人散步在野花丛中。曾经的少年和少女，乌发和红颜，都如书中的勿忘我一样，留在记忆里，不会褪了色彩。

也许是这蓝色的勿忘我柔弱的花茎触动了科林，在见到它们的一瞬间，他成了它们的保护者。一个足球砸在花上，科林愤怒了……结果是在场的五个人被叫到典狱长的办公室。

典狱长交给他们一个任务，造一个花园。

当花园从纸上蓝图变成眼前美景，他们也从暴戾的犯人成了耐心的园丁。不管他们以前做过什么，杀过多少人，被判坐不到头的刑期，他们在花园劳作时，美好与善良重新回到他们的身上。还有什么比一座花园更能让人感到美，感到永恒，忘记灾难，憧憬明天的？在春天撒下种子，在夏天欣赏花朵，土地从来不会让辛勤劳动的人失望，付出多少，得到多少。幸福感与满足感充溢整个胸膛，花园让人重获自信与尊严。

著名园艺师伍德豪斯夫人替他们争取到了汉普顿宫园艺展的邀请函。去女王陛下的汉普顿宫参加比赛，这样的荣耀普通人都难以得到，何况是他们——在服刑的犯人？他们兴奋了，无时无刻不在考虑要造一个什么样的花园，于是出现了文中开始的那一幕场景。

汉普顿宫里，他们的花园建好了：一堵废墙前，是自然起伏的坡地，半人高的野花迎风摇曳。他们说的那些风铃草、向日葵、雏菊……盛开在野草丛中。

"勿忘我让我想起初恋，鸡冠花让我想起早亡的丈夫，这些石竹，是由我妈妈给我的小节枝长成的，而每次看到报春花，我总会想到我的女儿……"

每一种微不足道的小花，都会牵动人们的情感。赋予他们人类的感情，它们就真的与人类息息相关。

这个故事是根据真实的事情改编而成的，男主角科林的妻子与他兄弟有染，他盛怒之下失手杀了兄弟因此获罪。他被判死刑，在被关押十五年后已经对生活失去了热情，但一丛小小的双叶勿忘我，那么纤细得一掐就折的柔弱花茎，让一个毫无生趣的罪犯萌发了对美好人生的关注，同时带动了一群社会边缘人，让他们又有了对生活的渴望。一息不灭的温柔、怜悯，与善良，让他们得到重生，拯救了自己。美好的事物让人留恋这个世界，爱情更让人充满斗志。

科林由克里夫·欧文（Clive Owen）饰演，海伦·米伦（Helen Mirren）饰演天性浪漫的女园艺学家伍德豪斯夫人。这是一个光看演员名字就可以引起观影欲望的电影，而电影的内容又是如此……英伦风。

世界上没有哪一个民族像英国人这样热爱园艺，在长达几个世纪的时间里，他们一代又一代把对园艺的爱好影响到了每一个阶层的人，上至女王下至平民，以及监狱里的服刑人员。在最近大热里的英剧《唐顿庄园》里，第一季第一个大场面就是唐顿庄园所在的村子举办园艺大赛。老伯爵夫人信心十足地认为今年的大赛一等奖仍然会是她栽培的玫瑰，而伯爵和伯爵夫人以及其他人则认为家里小厮的父亲培育出的新品玫瑰同样具有争冠的实力。在唐顿村这个小社会里，阶层最高的就是伯爵一家，而小厮父亲代表的是平民阶层，任何时候他们都不可能同桌吃饭平等交谈。但在园艺大赛上，他们是势均力敌的对手，仆人的家人可以凭借一朵玫瑰在特权阶层面前挺直腰板，而一向高傲的老伯爵夫人只能认输而甘拜下风。在这里，园艺是让一个地位卑贱的小人物获得自信和骄傲的资本。

正如伍德豪斯夫人劝说园艺学会的人让科林他们参加汉普顿宫的花园大赛时说的："女王陛下说过，几个世纪以来，园艺一直为整个民族所痴迷，这世上不会有其他的职业，能吸引几乎社会上的每个阶层。"

"找寻上帝，最好的地方是花园，你会在挖掘中发现他的身影。"片中的典狱长引用乔治·伯尼肖的话说。

这个故事，是一个有关花园的故事。既然上帝在花园中，那么我的这本书，也从这一个花园开始。

目录

寂静之声　　鼠尾草

《The Graduate》（*中译《毕业生》*）

◎片　名　毕业生 The Graduate
◎年　代　1967 年
◎国　家　美国

◎导　演　迈克·尼科尔斯 Mike Nichols
◎主　演　达斯汀·霍夫曼 Dustin Hoffman
　　　　　安妮·班克罗夫特 Anne Bancroft
　　　　　凯瑟琳·罗斯 Katharine Ross

Are you going to Scarborough Fair/Parsley,sage,rosemary and thyme/
Remember me to one who lives there/She once was a true love of mine

　　这首《Scarborough Fair》是许多人会唱的一首歌，出自电影《毕业生》。保罗·西蒙（Paul Simon）和加芬克尔（Art Garfunkel）在这部电影里，用吉他弹唱出这个忧伤的调子。

　　有一个斯卡布罗集市（Scarborough Fair），它在英国约克郡的北部。集市上有香芹、鼠尾草、迷迭香和百里香出售。"要是你去斯卡布罗，看见集市上卖这几样香草了吗？请替我问候那里的一位姑娘，她是我曾经的爱人。"

　　这位士兵要他的姑娘完成几件不可能完成的任务：给他做一件不用针不用线缝的衣裳，用皮镰收割石楠，把它们扎成一束，替他找一块坟地，要在海水和泪水之间。做到了这几样，她才是他真正的爱人。听上去，是这位在战场上的士兵诸多挑剔，要他的姑娘去完成不可能完成的任务，完成了这些，你才是我想要的姑娘。但曲音韵调里，却是哀伤的怀念的恋恋不舍的，一咏三叹的，而在字里

天蓝鼠尾草· 唇形科鼠尾草属。多年生宿根草本。
茎近于木质，叶有浓郁香气，花可泡茶。

櫻桃鼠尾草颜色十分鲜亮美丽，就像可爱的樱桃。

行间，诉说着他的痴情。

相对于这首名为《Scarborough Fair》的歌曲的悠扬舒缓、莫名忧伤、打动人心，《毕业生》更晦涩。这个曲子和电影基本上不搭调，用它来做电影的主题曲，对不少观众来说，是记住了歌曲，忘记了电影。而这部电影，又是那样一部沉闷的片子。节奏慢，调子闷，情节离奇。

出身中产阶级家庭的本恩大学毕业了，他对未来一片迷茫，不知道离开学校的路该怎么走，从哪里开始。这个时候他认识了一个中年女性罗宾逊太太，这位太太有着明显的中年女性的所有特征，身段略丰壮，面容略下垂，肌肉略松弛，作风略强硬。她对小毛孩子本恩发出了挑逗的信号，甫出校门初出茅庐的本恩哪里是她的对手，起初还犹豫了一下，三两个回合下来就躺在了她的床上，成为了她的小玩意儿。

当他倒仰着把自己摔进游泳池的时候，他的自我怀疑到了顶点。这个时候如果不是伊琳娜出现，他也许就一路颓废到底了。爱情可以拯救一个人的灵魂，这就是爱情的伟大之处。千万年来人们追寻爱情、歌颂爱情、膜拜爱情，为爱情受伤，为爱情献身，为爱情杀人，爱情成了支配人们行为的一种动力，它和荷尔蒙和脑垂体和神经原直接挂钩，它是细胞组织的一部分，当它发育健壮的时候，人势必将受它控制。

　　爱情有时是一种互补，有时是一种互余。当喜欢那个人身上的某种特质，那也许就是本身所缺乏的。伊琳娜的清纯善良，正是本恩想要的干净清澈，他迫切需要从和罗宾逊太太偷情所产生的困惑乏力中解脱出来，伊琳娜就是他斗争挣扎的动力。伊琳娜象征着生活中好的那一面，和罗宾逊太太继续纠缠下去，本恩会更厌恶他的生活。

　　但生活就是由一波又一波的狗血组成，他喜爱的女孩正好是他极力想摆脱的女人的女儿。但本恩最终还是挣脱了，他发狂似的冲进教堂，带走伊琳娜，奔向新生活。至于新生活是什么样，就看观众怎么结合自己的生活，再去理解和推论。

　　这个故事发生的 1967 年，世界是狂躁不安的，嬉皮文化流行，越战正在进行。他们开始有良心地反思和有良知地反对，摇滚乐成为时代的代言，他们聚集集会，反战游行，争取人权，直接冲击社会以中产阶级为核心的价值观。而本恩和伊琳娜的家庭正是这样的社会阶层，片尾他们携手奔出，跳上公共巴士，对视而笑，恰好是一个有意味的暗示。本恩纠结了一百分钟的眉头终于舒展了，他找到了他的人生之路。

　　《Scarborough Fair》原是一首古老的英国民歌，其起源可一直追溯到中世纪，保罗·西蒙在民歌的基础上又加入了自己创作的一首《The Side of a Hill》作为副歌。副歌部分的主题是反战，他把一首古老的情歌改编成了立意更高意义更深的反战歌曲，配合这个越战背景的时代，更加深入人心。

歌词中的香草罗列看似与主题无关，但把这四种花的花语连在一起就是："请你带信给我的姑娘，要她记得我的衷情：我是她的。"

> 香芹的花语：I want you to bear my children。
>
> 鼠尾草的花语：I'm dependable。
>
> 迷迭香的花语：Remember me。
>
> 百里香的花语：I'm yours。

花语是近一二十年才进入中国的外来文化，在花语世界里，每一种花都有它们各自的花语，不了解花语文化就很难理解这首歌。

"忠诚牢靠"，是鼠尾草的花语。鼠尾草属唇形科，唇形科的植物很多都是芳香型植物，都具有一定药物功效，通常为多年生或一年生草本，茎是四方形的，这在一般植物里不多。

唇形科植物在西方人的生活中影响巨大，不管是做正餐还是甜点，都要用到，新鲜的干燥的，烤鸡翅烤羊腿，面包蛋糕饼干，花草茶草药茶，无所不至。薄荷泡茶，牛至配贻贝，百里香做饼干，薰衣草香熏房间，罗勒配上松子橄榄油做成绿酱拌意大利面，迷迭香烤羊腿……日餐里的天妇罗，要用到紫苏和白苏。中国菜用到香草的少，除了香葱就是香菜（芫荽），但西南地区做鱼时爱用藿香，广西人做螺蛳也会扔一把藿香叶。台湾菜受南洋菜的影响，做菜爱用九层塔，也就是意大利人最爱的罗勒。

"忠诚牢靠"的鼠尾草，是唇形科鼠尾草属，包括大约七百到九百种植物，草本或灌木，可入药或作观赏花卉。鼠尾草属来源于拉丁语"salvare"一词，意为"治疗"或"拯救"。曾被用来治疗霍乱和痢疾，有"穷人的香草"之称，罗马人称它为"神圣的药草"。用其叶片泡的茶，很久以来一直用作补药。中世纪欧洲认为鼠尾草能增强记忆和增进智慧。而从部分品种花叶中提取的鼠尾草精油，堪称世界最昂贵香精油之一。

鼠尾草因这首英国民谣、花草茶、鼠尾草精油、西餐西点等原因，给人的印象很西洋、很小资，距国人的亲切感很遥远。但其实鼠尾草在中国很常见，城市里的花坛上随处可见。装饰花坛围边的"一串红"，就是一种鼠尾草。小时候，很多孩子还会玩一种游戏，把一串红的花筒从花萼中拉出来，放进嘴里尝尝花筒里的花汁，那是甜的。

鼠尾草这名字是外来的，给人感觉这种植物也是外来物种。其实中国本土也有鼠尾草属的各种鼠尾草，只不过它们都有个十分中国化的名字，比如红花鼠尾草叫朱唇、甘西鼠尾草叫甘肃丹参。看到"丹参"二字，我们就该非常熟悉了，老年人吃的治冠心病的"丹参片"，里面就有鼠尾草这个东西。

除了早年引进后来遍布国内的一串红，近年来又引进了更多优良品种，花形更优美花朵更艳丽：天蓝鼠尾草，花朵为美丽的天蓝色；蓝花鼠尾草俗称一串蓝，花朵的颜色是深蓝色略带紫；彩苞鼠尾草的花朵有彩色的苞片环绕，为粉、白、淡紫、紫等多色，盛开时像一只只彩蝶在花丛中翻飞；樱桃鼠尾草有樱桃红色和变种的白色，颜色十分鲜亮美丽，就像可爱的樱桃。

士兵在战斗的间隙怀念他在家乡的姑娘，那姑娘像香草一样令人悲伤，他已经忘记这一场战争是因何而起的了，至于能不能在战争结束后回到家乡见到他的姑娘，那还真是一件说不清的事。

既然那一场忘了什么原因发动的战争就在本恩的世界之中，那么他的颓废和迷茫不是就有了答案了吗？与这首《Scarborough Fair》相互呼应的是电影的片头曲，本恩下了飞机乘上车子回到家里，伴随他这一路的背景音乐是《寂静之声》，乐曲飘浮迷离，歌词深刻迷幻，像是无边的黑夜要把人吞噬，而黑夜又是吟唱者倾诉心声的倾听者。

但没有人敢于去／打破这份静默／我说道：愚蠢的人啊，你们不知道／静默会像癌细胞那样扩散。

家国之情　雪绒花

《The Sound of Music》（中译《音乐之声》）

◎片　名　音乐之声 The Sound of Music
◎年　代　1965 年
◎国　家　美国

◎导　演　罗伯特·怀斯 Robert Wise
◎主　演　朱丽·安德鲁斯 Julie Andrews
　　　　　克里斯托弗·普卢默 Christopher Plummer

《音乐之声》这部电影想必都不陌生，除了《哆来咪》、《孤独的牧羊人》、《我最喜爱的东西》这几首歌耳熟能详，还有一首《雪绒花》也是电影重点渲染的。在片尾高潮部分的音乐节上，上校和玛丽亚一起，指挥台下的观众合唱这首歌曲。观众眼含热泪唱响家乡的歌，监视上校的纳粹军官被这种群情激昂的情绪震惊，感受到来自被占领区人民心中不屈的爱国之情，这种感情终有一日会汇成激流，它让人惶惶不安。

雪绒花，雪绒花／每天清晨迎接我开放／小而白，洁而亮／向着我快乐地摇晃／白雪般的花儿愿你芬芳／永远开花生长／雪绒花，雪绒花／永远祝福我家乡

说实话这个版本译得不好，缺少歌词应有的节奏感和韵律，译者太马虎了，没有从歌词的角度去翻译，而是简单地直译。但是这首歌，让中国的观众知道了有一种花叫雪绒花。

在海拔两千米左右的高山雪线上，阔叶树针叶树这些高大乔木

都不生长了，向阳的地方有一些矮小的灌木。但高山草甸一到五月，仍是花的天下，只是一旦过了九月，雪花落下，覆盖一切绿色植被，又要到次年的五月雪融为水，才能再次见到绿色和花朵。生长在这样的环境下，不起眼的雪绒花，被赋予"勇敢"的品格，成为一种信念的象征。

勇敢的年轻人会冒着生命危险，攀上陡峭的山崖，去摘下一朵雪绒花献给自己的心上人，因为只有雪绒花才能代表为爱牺牲一切的决心。在电影《茜茜公主》第三部里，弗兰茨国王就为心爱的王后去采摘过雪绒花，他知道在当地小伙子们怎么去讨得姑娘的欢心，在这个时候，他们不是国王和王后，他们只是一对相爱的情侣。

雪绒花象征意义深入人心，为奥地利人民所喜爱。"勇敢"成为它的代名词，于1907年成立的奥匈帝国军的高山部队，就曾使用雪绒花作为军服的领花。当然它不是奥地利人的专有，就像阿尔卑斯山一样。德国人同样喜欢这朵"勇敢"的花，在二战时期，山地部队40型海军便帽左侧就镶有金属做的雪绒花，还有刺绣的雪绒花徽章，配山地部队的各型野战服。今天，它仍然是奥地利、波兰和德国高山部队的徽章。

《雪绒花》这首歌当然不是一首奥地利民间歌曲，类似中国的青海花儿、陕北信天游、江南紫竹调，它是一首配合电影创作的歌曲，要求的是符合电影的情节发展和感情宣泄的需要。因为百老汇和好莱坞在美国文化中占据的地位，使得美国的一部分观众误以为这首歌是奥地利民歌甚至国歌。但实际上在奥地利，因为好莱坞象征着美国文化和通俗文化，向来喜爱古典音乐的奥地利人并不热衷于接受好莱坞的青睐，他们要迟至20世纪90年代才在电视上看到这部名为《音乐之声》的电影。

但在电影中它是成功的。它是为冯卓普上校度身打造的，就如同电影里的其他歌曲一样，是作曲家理查德·罗杰斯与剧作家奥斯卡·哈默斯坦第二于1959年合作完成的。好比印度电影《流浪者》，丽达有《丽达之歌》，拉兹有《拉兹之歌》，这部《音乐之声》，玛丽亚有"玛丽亚之歌"——《群山回荡着音乐之声》，上校也有"冯卓普之歌"——《雪绒花》，虽然电影里这首歌以民歌的形式出现，并且太过简单朴素。

但为什么不呢？雪绒花本来就是一种简单朴素的高山小花，在海拔超过一千米的高山高原上，它一丛丛地生长一片片地开放。毛茸茸灰扑扑，毫不起眼，比起同样是高山花卉的报春花龙胆花，逊色得太多了，颜色又不鲜艳，花朵又不美丽。乍看上去，就像是我们清明节时为了做"清明粑粑"在山坡和沟地里采的"清明菜"鼠麹草。

实际上它们还真的颇为相似。这两种植物嫩叶上都长有白色或灰白色的绢状毛，在暂时去不了高山草原的时候，春天去野外找一棵清明菜观察一下，可以了解个五六分。其实雪绒花那白色的毛茸茸的"花瓣"是苞叶，而不是花瓣，中心那一点有黄蕊的才是它的花冠。

雪绒花，菊科火绒草属，全世界约有五十六种，主要分布于亚洲和欧洲的寒带、温带和亚热带地区的山地。中国有四十种，集中在西部和西南部。火绒草属下又分几个亚属，其中就有拟鼠麹亚属和火绒草亚属，这也是为什么清明菜和雪绒花相像的原因，它们的亲缘关系确实不远。

雪绒花　　又名火绒草、薄雪草。菊科火绒草属高山植物。植株密布白色或灰白色绒毛。具药用价值，亦被用于美容领域。

在中国最常能见到火绒草的可以算是川西高原，地域广布到从青海到四川云南，也就是说，中国地理上的第一阶梯向第二阶梯过渡的广阔区域都有它的身影。去川西旅游，从九寨沟到康定，从塔公草原到若尔盖湿地，整个甘孜阿坝州，到处可见雪绒花。

它甚至到了台湾阿里山。这是多么容易被人忽视的一种草啊，如果不是那首歌，真没多少人会注意到它小小的裹了绒毛的身影。

它向东到了河北蔚县。蔚县有个"飞狐峪"，是古代北方草原民族南下牧马的必经之地，平均海拔一千五百米到两千五百米。此处为太行八陉之一，千夫拔剑，露立星攒，回首万变，珠曲蚁穿。苏东坡曾有诗写飞狐峪：太行西来万马屯，势与岱岳争雄尊。飞狐上党天下脊，半掩落日先黄昏。削成山东二百郡，气压代北三家村。

诗人向来爱夸张，飞狐如何成天脊？话说飞狐峪上有一片高山草甸，人称空中草原，因海拔的原因，上面生长了火绒草。这种草味道苦涩，牛羊不食，当地人视为贱草，俗名"老头草"。一日忽然被人发觉，这所谓的火绒草竟是外国电影里歌唱的"雪绒花"，一夕之间身价百倍，当地政府立时三刻下了命令加以保护，撤出居民和蒙古包，对外号称"雪绒花之乡"，拉动旅游经济。名头之响，声誉之隆，盖过原来的"剪纸之乡"。

火绒草一旦成了雪绒花，贱草就贵气了。丝毫不去考虑当地的文化里有没有雪绒花的影子，有没有"老头草"是勇敢者之花的传说，只要是能唬得住人，硬生生把奥地利的高山雪原文化移植到太行山上。

奥地利的雪绒花，是一种叫"高山火绒草"的品种，火绒草属的属名 Leontopodium 是由希腊文 leon 和 podion 组成的，意思是狮子的脚爪（还真形象，不过我想应该是幼狮毛茸茸的脚爪吧）。火绒草世界很多地方都有分布，但高山火绒草叶片和苞叶的绒毛更密，产于欧洲比利牛斯山、阿尔卑斯山和喀尔巴阡山等，在很多欧洲语言中都称为"Edelweiss"，在德文中，edel是"高贵的"，weiss是"白色"，组合在一起就是"高贵的白花"。

它只是高山上一种寻常的草，只因为耐冷和坚忍，被人们赋予了美好的品质。它在奥地利象征勇敢和不屈，在电影《音乐之声》里，被创作者加以美化，就像我们说的"大雪压青松，青松挺且直"那样，面对暴政和侵略不会轻易屈服，它是勇敢的象征。成为了奥地利的名片，它担当得起。

它只是和飞狐峪的名利非常地远，虽然它就生长在那里，已经上千万年。

纯真年代　　山楂花

《山楂树之恋》

◎片　名　山楂树之恋
◎年　代　2010 年
◎国　家　中国

◎导　演　张艺谋
◎主　演　周冬雨
　　　　　窦骁

拜这本畅销小说之赐，山楂树在两年前红了一把，国宝级大师张艺谋把它拍成了电影，电影海报的背景是一棵美丽的山楂树，青枝绿叶，看不出是什么品种，也就看不出是什么花来。

在小说里，村长和村民都说这是一棵开红花的山楂树，是烈士的鲜血染红了它。用鲜血来染红花的故事太多了，不多它一个，染红就染红吧。但在电影里，张艺谋始终没有拍到这棵山楂树开花的镜头。按张艺谋唯美主义的摄影风格，怎么也该有一组镜头来特写这棵树的花，而不是单单一棵树。

想想他在《英雄》里的胡杨林，《秦俑》里的银杏林，《我的父亲母亲》里的白桦林，《十面埋伏》里的竹林，那么多的作品里，精心挑选的树林都为主角们的出场打造了最美的舞台。而在这部电影里，可以算得上第三主角的山楂树却那么孤清，没开过一朵花，也没结过一个果。整部电影，出现了红山楂的，也就是医院里那个搪瓷的洗脸盆了。

这个故事发生在70年代初，正是张艺谋的青年时代，而推动故事发展的情节之一的《山楂树之歌》，也是从那个时代过来的人们熟悉的，只是到了老三和静秋谈恋爱的时期，这首歌已经成了毒草禁歌。

《山楂树之歌》是一首前苏联歌曲。在60年代以前，苏联还是值得尊敬的老大哥的时候，随着苏联模式的进入，大量的苏联歌曲也自然成为了流行歌曲。那时候传唱较广的苏联歌曲有《莫斯科郊外的晚上》、《共青团之歌》、《喀秋莎》、《红莓花儿开》等等。

相比而言，我们那个时代的流行歌曲，都太革命太主旋律太不近人情了，每首歌都可以在运动会上作为进行曲播放，比如《歌唱祖国》、《我们走在大路上》、《青年友谊圆舞曲》……

"蓝色的天空像大海一样，广阔的大路上尘土飞扬，穿森林过海洋来自远方，千万个青年人欢聚一堂……"虽然曲子不难听，可说得上欢快激昂，但尘土飞扬总不是什么好事。这样的歌曲成为主流，爱情歌曲几乎没有，而前苏联歌曲则巧妙地糅合了革命生产和爱情，在两者之间找到了平衡点。

> 歌声轻轻荡漾在黄昏的水面上／暮色中的工厂已发出闪光／列车飞快地奔驰／车窗的灯火辉煌／山楂树下两青年在把我盼望
>
> 当那嘹亮的汽笛声刚刚停息／我就沿着小路向树下走去／轻风吹拂不停／在茂密的山楂树下／吹乱了青年钳工和锻工的头发

工厂、列车、汽笛、青年钳工和锻工。无一不是社会主义的代名词，但在这些冷冰冰的铁器中间，浪漫地出现了黄昏的水面和茂

山楂 蔷薇科山楂属。落叶乔木。秋季结果，可生吃或制作果酱果糕，干制后可入药。图为红花山楂，原产于欧洲，近年引入中国。

更常见的是瓷白色的山楂花，中间一个粉绿花托，像在白花瓣里又开了一朵绿色小花。

密的山楂树，以及女主人公难以选择的矛盾心理。尤其是副歌部分，把这一浪漫情绪发挥到了极致：

啊，茂密的山楂树呀／白花满树开放／我们的山楂树呀／它为何要悲伤

爱情如果没有"求之不得，辗转反侧"的柔肠百转，就失去了它吸引人的地方，而这首歌好就好在这里。它明明确确地写出了哀伤这个词，如果谈个恋爱连哀伤都不允许，那还是谈恋爱吗？恋爱是一定伴随着哀伤的。

前苏联的歌曲中，革命伴随着哀伤，这才是革命的浪漫主义精神。我们要建设，我们也要哀伤。我们需要看到满树的山楂花开得似雪时，内心充满惆怅。想到流逝的春光，为什么不能哀伤？我们是多么善于伤春悲秋的民族，我们一向有"问花花不语"、"无计留春住"的多愁善感，但在革命的旗帜下，歌曲只剩下口号似的进行曲，没有山楂树供我们寄托哀伤。

而前苏联歌曲则是：山楂树中有歌声轻轻地荡漾在黄昏的水面上，暮色中的工厂发出浪漫的微光。莫斯科郊外的晚上有我的心上人坐在我身旁，偷偷看着我不声响有多少话儿留在了心上。那田野

小河边有红莓花儿在开放，有一位少年让我心喜欢，但我就是不对他讲要他自己去猜想。

在"大海航行靠舵手，万物生长靠太阳"的雄壮号角映衬下，这些忧伤的小情调怎么能不让人喜欢呢？所以老三才在见到静秋后，双手插在衣袋里，用口哨吹一支《山楂树之歌》，明明是满心的欢喜，但在这个时候，就需要说"我们的山楂树呀它为何要悲伤"。当前途未卜，爱情不明朗，欢喜就等于是惆怅。

也许是花季难等，也许是红花难找，也许这部电影张艺谋真的只想简单叙事，干净构图，精简语言，压制情感。不渲染不突出不搞大特写，以贴合他要拍史上最纯洁的爱情的立意。因此那一树红花始终没有出现过。吝啬到底，无限惆怅，就像老三年轻的生命，让人无限惋惜。

电影上演后，人称"马亲王"的马伯庸写了一篇文章调侃这电影——《潜藏在纯爱背后的生化危机》：

> 众所周知，山楂树是开白花的，这是自然规律。……这棵山楂树，为何唯独它年年开出红花呢？

但是，这次"马亲王"可说错了，山楂树确实是有开红花的。

与他说的"众所周知"相反，大多数人对山楂树开什么颜色的花并不清楚，红花白花也不关心。山楂是见过的，糖葫芦是咬过的，果丹皮是童年的恩物，山里红是做果酱的好材料，大红果冰棍是夏天消暑的良药，京糕是春节的必备品，京糕拌梨丝是开涮破落八旗子弟的最好佐料。

山楂在北方人的生活中绝对常见，山楂花却未必。城里人不知山里事，山楂树开什么花才不关心呢，只要秋天有山楂上市，可供他们炒红果熬糖挂浆穿竹签子，是不是生化危机又有什么关系，何况这棵开红花的山楂树还长在遥远的西南山区。

据说穿越小说里山楂串的糖葫芦都快被人写滥了，貌美爱娇的女主角一回到几百年前的京城，就会在街上买糖葫芦吃。然后男主角适时出现，会在心里感叹这个女孩真可爱，吃个糖葫芦吃得如同龙肝凤髓。好，这么纯真的女人很少见，打定心思一追到底，一定要和她一起吃糖葫芦不可。

全世界山楂品种约有一千种，基本都分布在欧洲大陆和北美大陆，中国产十七种。常见的山楂花是白的，五瓣花作梅花形，非常漂亮。花瓣是瓷白色的，露出中间一个五角形的粉绿色花托，像在白花瓣里又开了一朵绿色小花。

红花山楂在整个北半球都有，比利时红花山楂是有名的品种。其他还有重瓣的有单瓣的，有浅色的有深色的，有红色的有粉色的，并且说不清是原种是变种还是栽培品种。

山楂除了做水果鲜食，还可以酿酒，几年前有过一则新闻报道，说美国特拉华州一家酿酒厂复制出约九千年前中国酿造出的一种酒类饮料，其所使用的配方，源自美国宾夕法尼亚大学一位教授帕特里克·马克高文。作为宾州大学考古学与人类学博物馆的考古化学家，他曾在1999年至2004年，与中国考古专家合作，对河南省舞阳县贾湖石器时代遗址进行了六次发掘，从采集到的部分陶片中进行成分分析和研究，确认了这些残留物中含有一种酒类饮料的沉淀物，从而将人类酿酒史提前到了距今九千年前，也使贾湖城成为目前世界上发现的最早酿造酒类的古人类遗址。成分分析表明，这些九千年前的酒，是用蜂蜜、葡萄、山楂和大米为原料酿造的。

山楂树木质坚硬纹路细腻，在过去是用来做农具的好材料，比如铁锹的木把锄头的柄，还可以上车床镟出木器而不裂。那黄昏山楂树下等着姑娘的两名青年工人，一个钳工一个锻工，可以商量着把这棵山楂树的枝干砍下来，车出一副国际象棋，什么时候杀一盘，胜者赢得姑娘败者拎上一瓶山楂果酒去祝贺他们。

阶级友爱跨越工种，这可一点都不哀伤了。

衣被天下　　棉花

《Gone with the Wind》（中译《乱世佳人》）

◎片　名　乱世佳人 Gone with the Wind
◎年　代　1939 年
◎国　家　美国

◎导　演　维克多·弗莱明 Victor Fleming
　　　　　乔治·库克 George Cukor
　　　　　山姆·伍德 Sam Wood
◎主　演　克拉克·盖博 Clark Gable
　　　　　费雯·丽 Vivien Leigh

从前学美国历史，讲到南北战争，官方教材总是说北方是为了解放黑人奴隶，后来看了书，多少觉得这是个美化了的版本。

　　美国立国之初，为了得到南部大奴隶主大种植园主的支持，默认了他们保留奴隶制的权利，与《宪法》倡导的人人平等相悖，一国两制持续了六十年。到了1850年左右，南部和北部之间为奴隶制的争执开始白热化。但是，争论的焦点不是美国南方是不是应该废除奴隶制，而是新加入的一些州如广阔的西部各州是不是允许奴隶制，北方共和党坚决反对奴隶制向西部各州扩张。等共和党人林肯就任总统，南方各州觉得他们的利益不再会受到联邦保护，因而要求脱离联邦，自立政府，导致了战争最终的爆发。

　　除了不能让美国实行一国两制，形成南北分治的局面，还有一个原因是北方工业发达，但缺少产业工人，而南方以种植园为模式的传统农业社会蓄养了大量的黑人劳动力。如果这些黑人以自由劳动力的方式进入北方的工厂，那产生的价值要远远高于把他们用铁链条拴在棉花田里。

　　南方的种植园经营模式是奴隶种植采收棉花，运到英国的工厂去织成布染上色印上花，再运回美国来卖给美国人民。这一来一去产生的运输成本导致棉布价格高昂，如果美国本土就有这么多的纺织印染厂可以消化掉南方各州的棉花，那么一切问题就解决了。北方工厂主有工厂有资金有银行有华尔街有金融行业，就缺劳动力，南方有那么多青壮年，偏偏不能为他们所用，真是急死个人。

这个过程，看小说《飘》可以看到很多教科书上没有的细节，尤其是南方人士的想法，小说中更写得仔细。电影删减了大篇幅的人物的讨论和争辩，把战争的背景弱化了，变成了斯嘉丽·奥哈拉女士的个人情史。

电影里有不少的种植园镜头，一望无际的棉花田，黑人奴隶顶着烈日采摘棉花。到战争进行得如火如荼的时候，黑人奴隶大部分都离开了，塔拉庄园里的女主人们不得不自己下地干活。战争再怎么打，棉花总要种，总要收，棉花是南方种植园经济的基础。斯嘉丽·奥哈拉太知道棉花的收成对塔拉庄园意味着什么，她再无情无耻无理取闹，对土地和棉花的忠诚从来没有改变过，经过战争，只有更强烈。

棉花分长绒棉、短绒棉和细绒棉。长绒棉又称海岛棉，原产南美洲；短绒棉又叫亚洲棉，原产印度；细绒棉又叫陆地棉，原产中美洲。一看产地就知道，中国古代不产棉，在棉花进入中国之前，历朝历代一直穿麻纤维或葛纤维织成的布做的衣服。

麻布有很好的透气性和悬垂感，麻布重，做成衣服贴身而下坠，有沉稳的感觉。这两年"汉服热"兴起，老看见有姑娘们做了汉服来穿，但效果全都不尽如人意，质感低劣。棉布也没有麻布那样的下坠感，披一块化纤布就更笑话了，至少得是麻，还不能是棉麻。

棉花　　锦葵科棉属。一年生草本或多年生亚灌木或小乔木。花腋生，初开乳白色，后变红凋谢。

只有麻织物配上汉朝大气的黑红二色，才能塑造出大汉雄健端庄的风格来。

棉花的进入要到南北朝以后，但普及开来却极晚。李延寿的《南史》云："高昌国有草，实如茧，中丝为细，名曰白叠，取以为帛，甚软白。"这里说的是草棉无疑。《本草纲目》上说："宋末始入江南，今则遍及江北与中州矣。不蚕而绵，不麻而布，利被天下，其益大哉。"中学时我们都学过黄道婆的故事，说她年轻时流落到海南岛，从当地黎族人那里学到了纺织技术，回到吴地后，把这种技术教给大家，推动了当地持续几百年的"棉花革命"，才有了后世堪与"苏湖熟，天下足"的稻米媲美的"衣被天下"的棉布生产。黄道婆正是宋末元初人。

我在当年写《离魂》时，曾查过一些资料，后来写进了书里：

其时中国对外贸易主要以生丝、丝绸、棉布、茶叶为主。有名的"紫花布"流行于 19 世纪法国市民间，并且在雨果的小说中有所反映。生丝在 1890 年以后的几年中，年输出量

棉花的花朵初开时乳白色，后转红凋谢。

棉铃成熟时裂开，露出棉籽表皮的雪白绒毛。

达十万担上下。而 Nankeen（南京棉布），畅销于海内外，号称"衣被天下"。嘉定、太仓、上海境内的农田三分种稻，七分种棉。嘉定一带甚至达到了"棉九稻一"，甚至专种棉花不种稻米的都有。

这个"紫花布"，出现在雨果的《笑面人》里："他（威玛勋爵）的衣服完全表示出英国人的特征，就是……一条紫花布的裤子，裤脚管比平常的短三寸，但有吊带夹住，所以倒也不会滑到膝头上去。"

出现在巴尔扎克的《幻灭》第二部《外省大人物在巴黎》的则是"Nankeen"（南京棉布）："德·巴日东太太看他（吕西安）穿着隔年的南京缎裤子，紧窄的旧外套，长相固然美，可是打扮得很乡气。"

这种紫花布并不是印了紫色花纹或花样的棉布，而是用紫色棉花为原料织成的布，这种棉花纤维细长而柔软，成品布匹颜色天然泛黄，有亚麻的质感，细腻舒爽。电视剧《乔家大院》里乔致庸贩布，经恰克图到俄罗斯，有一个场景是，他们的驼队停在草原上的一个定居点，他扯着一块蓝印花布对来买货物的牧民说："看啊，紫花大布，结实耐用。"显然导演并不知道著名的"紫花布"是什么，以为蓝印花布就是它了。想想花花公子吕西安和老威玛勋爵这样的男人穿一条蓝印花布做的裤子，岂不滑稽？而现在流行的彩棉和先染布，它们的前身，不就是紫花布吗？

已归上海的嘉定，在其城西门外有一座明朝万历二年修的石拱桥，名"高义桥"，桥头的石柱上刻有一副当年的楹联："西成万户稻粱入，东望千艘吉贝来。"——站在高义桥头看，西边万家的稻米成熟了，东边千艘运棉花的船也开来了。上海人形容一件事情非常好，喜欢用"花好稻好"这个词，意思和那副对联一样，棉花好，大米佳。粮食丰收棉花多产，丰衣足食，有吃有穿，还能不好吗？

之所以远离中原与江南的海南岛会有比这两个经济发达地区更先进的棉布纺织工艺，是因为棉花始终都是外来植物，虽然在6世纪已经引入中原，却并未大面积种植。而作为原产地的印度，种植与纺织印染工艺要远远高出于中国，棉花从印度传播引入，首先进入的是海南岛。海南岛有一种"黎锦"，是用木棉或草棉的纤维作纬线、苎麻纤维作经线、天然植物颜色作染料织出的特色花棉布，美丽无匹。

想起莫言与棉花的一段渊源。莫言去斯德哥尔摩领奖，与他同行的便是他的夫人，那位"白棉花"姑娘。之所以这么说，是因为莫言太太曾是他的工友，70年代两人在山东高密一家棉花加工厂工作。从斯德哥尔摩传回的瑞典国王为获奖者举办的晚宴照片上，莫言夫人镇定从容，让人想起当年小说中的白棉花姑娘明敏。

在棉花加工厂工作的这段经历，莫言先生写进了他的小说《白棉花》里。这个故事，和早先的《红高粱》完全不一样，有着"文革"小说特有的标志：对性的彻底压抑，导致人物思想行为的变形。在《红高粱》里，性是开放的热烈的无所顾忌的，伴随着血红的高粱穗和高粱酒，强烈得无忌，浓烈得肆意；而《白棉花》里，性是禁忌是雷区是只能偷尝的，为了偷那一点温情，有人卑微地活，有人壮烈地死，也有人诈死逃生……

2000年，台湾导演李幼乔将这个故事拍成电影，男女主角是苏有朋、宁静、庹宗华。这个卡司不可谓不大，但却没有引起观众的注意，在台湾也就悄没声息地放了，在国内好像就没有公映过，只在报纸的娱乐版里占一个豆腐块那么点位置，随后就湮没在更多悄没声息的电影里。

原著中对棉花的描写对生活的描述对人性的刻画，电影都没有表现出来。台湾的导演很难把握住这篇小说的脉搏，不成功也就在意料之中了。

通常说的棉花，是草棉开花结实吐絮而成的纤维。棉花是锦葵科，花和木槿甚为相似。清朝马苏臣有一首《题棉花》诗，诗曰：

五月棉花秀，八月棉花干；
花开天下暖，花落天下寒。

也只有棉花才当得起这样的赞美了。

父爱如山　烟草

《Sommersby》（中译《似是故人来》）

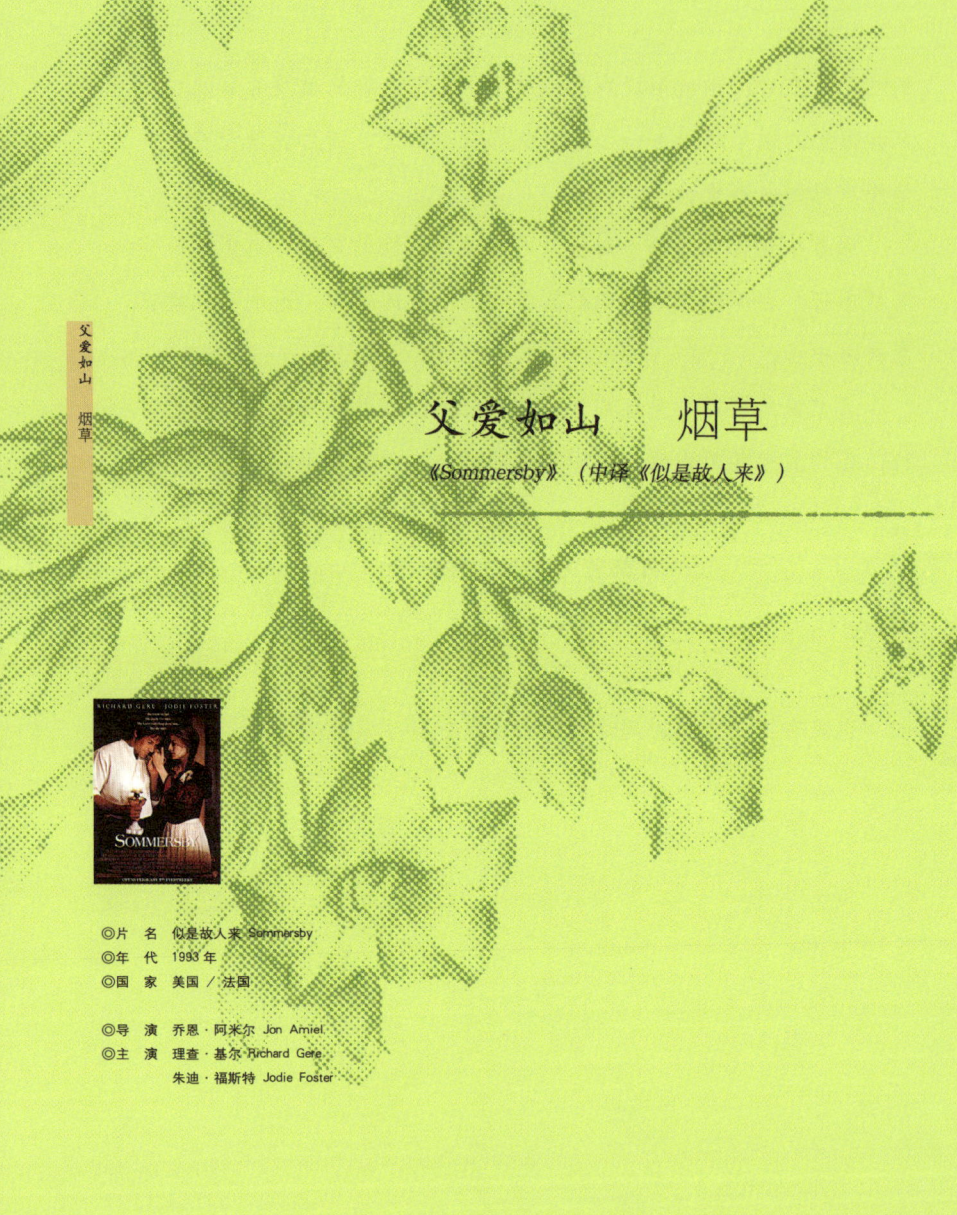

◎片　名　似是故人来 Sommersby
◎年　代　1993 年
◎国　家　美国／法国

◎导　演　乔恩·阿米尔 Jon Amiel
◎主　演　理查·基尔 Richard Gere
　　　　　朱迪·福斯特 Jodie Foster

想起这部电影，是今年（2012 年）的金球奖终生成就奖颁发给了《似是故人来》的女主角朱迪·福斯特。朱迪在颁奖仪式上手握金球奖杯，大声说：姐才五十岁！是啊，才五十岁就拿终生成就奖了，你让八十四岁才拿这个奖的马丁·西可塞斯情何以堪呢。

　　这完全是一个西方罗曼史的故事，只除了结尾是悲剧。罗曼史故事一定是大团圆结局，如同好莱坞的黄金规律。观众买票进场是为了一对有情人终成眷属的，不是想把自己整得哭哭啼啼。但这个似罗曼史故事又打破罗曼史规律的电影是这样地动人。

　　本片的高潮是杰克在法庭上的那堂自辩。——眼看就要翻案，杰克可以逃得一命，但他却出人意料地解雇了律师，在法庭上与劳拉对质。他逼她当堂说出对他的爱，承认他是她的丈夫。这一堂自辩很成功，但也决定了他的命运。他是劳拉的丈夫杰克，他必须去死。

　　杰克说，如果我不是杰克，那他们的女儿，将是私生女。而他自己，则永远是一个一无是处的骗子。他不愿意死，但一定要在死和名誉之间选择一个，那他宁愿死，也要证明他是她在上帝面前由牧师作证许下过誓言的丈夫。为了名誉而死，死得其所。

——而事实上，他不是杰克，只是一个与杰克长相酷似的人，有着并不光彩的过去。他选择做一个好的杰克去死，而不是做回卑劣的自己，苟且地活着。

这是一个感人的故事，它不是好莱坞式的大团圆结局，但却具有好莱坞维护社会传统颂扬主流价值的内质，因此内核还是好莱坞的。虽然这个故事它真的不是好莱坞的，好莱坞只是具有点石成金的本事。有一部法国电影，名叫《从马丁战争中归来》，由法国著名演员大鼻子情圣杰拉尔·德帕迪约主演。《似是故人来》便脱胎于这部电影，只不过好莱坞巧妙地避开了原作的雷点，把故事背景放在南北战争后，让男人们的离家与生死未卜是那么顺理成章，而细节的安排、暗线和伏笔都做得熨帖自然，情感铺排也顺理成章。故事讲到最后，让喜欢看大团圆结局的观众都对杰克的死挑不出刺来，只好眼睁睁看着他被吊死，心中承认他的选择是最好的。牺牲小我完成大我，杰克走完了自赎和赎罪之路，完美谢幕。

这部《似是故人来》中，有一个非常巧妙的情节设置：杰克归来之初，家园被毁，土地荒废，杰克建议种植烟草。烟草的种植周期短见效快种子还不贵，农民们却在迟疑，因为以前没种过。而杰克却信心十足，他卖了唯一还算值钱的怀表，以此带动大伙的热情，筹了一小笔款，去买来了烟草的种子，又和烟草公司签订了收购合同，用的是 Jack Sommerceby 这个名字。

到了他被定罪，行将赴死之际，他对劳拉说，如果我不是 Jack Sommerceby，那么以 Jack Sommerceby 之名签订的合同都将失去法律效力，乡民们投入的钱怎么办？他们为了得到最好的烟草，花了那么多的心血，投入了全部家当。他们顶着烈日捉虫、施肥、浇水、

烟草· 茄科烟草属。一年生或越年生草本。原产南美。
栽培利用的有两种：红花烟草和黄花烟草。

松土，日夜精心照料。那些没有一个虫眼、没有一点缺叶、完美整齐大张最好品质的优质烟草，它们能卖出最好的价钱，不能让它们烂在地里。杰克和劳拉的儿子亲手一条一条捉过肥腻害虫的烟草，长得那么绿、开着粉红色的五角形花朵的烟草，是他们全村人未来美好生活的全部。

劳拉无言以对。正是这个完美的合同，绑定了杰克的命运。杰克的生死、信誉与村民的未来、财富牢牢锁定。何况还有杰克看得比生命还要重要的名誉。劳拉只能眼睁睁看着杰克上绞刑架，抱着名分不容置疑的小女儿——那是杰克送给她的最珍贵的礼物。

烟草，茄科一年生或越年生草本，原产南美。全世界共有六十多种，栽培利用的只有两种：普通烟草（红花烟草）和黄花烟草。电影中出现的烟草就是红花烟草。现在城市里也能够看到烟草，挂的标牌是花烟草，种在公园和绿地上，作为花坛和地被植物，开着红花和黄花。

烟草的英文名是 Tobacco，中文译名在最早阶段，是译作"淡把姑"，又曾叫过"担不归"，美其名曰金丝烟，一名返魂烟。

从前读小说，三四十年代，中国的作家们还习惯把香烟写成"淡巴菰"，对比三个译名：淡把姑、担不归、淡巴菰，怎么看都是"担不归"胜出。淡把姑容易看成淡把菇，还以为是某一种新培育出的菌类；淡巴菰我一向要念成淡巴瓜，恍惚间就成了一种瓜。从字面诗意上来看，"担不归"有"荷担晚锄胡不归"的意思，田园气息十足。田间劳作累了，吸一袋烟，妻子差幼儿来问归不归，曰归。携子荷锄，施施然而归。

近日看美剧《广告狂人》，第一集就讲任职广告公司的男主角在挖空心思寻找香烟广告的创意。烟草广告到后期，已经不能出现抽烟的镜头，改为面容沧桑的俊男帅哥穿着牛仔裤戴着牛仔帽骑着骏马，在西部广袤的原野上奔驰，马蹄生尘，细雨飞烟。他们点燃篝火，用锡镴杯煮咖啡，雨打在牛仔帽上，他们眯着眼，面容沧桑眼神坚定。

雄壮山河伟岸男子是如此养眼，这个就是"万宝路"的世界。男人们看了以为吸上一支也能够雄风大振，女人也不会讨厌。这样的男性形象给人以踏实牢靠的印象，他们有能力，有责任心，有吃苦耐劳的精神，有忠诚勇敢的品质。这样的男人可以把成群的牛赶回家，他们辛勤工作，他们爱家并且愿意为家庭付出。这样的男人才是值得爱的男人，这样的男人可以托付终身。

万宝路广告深入人心，九十年代还劳烦张艺谋导演拍过一版中国古风版的，嘉峪雄关、边关将士、骏马踏雪、弓箭如蝗，最后是震天响的锣鼓。

吸烟有害健康。明末方以智在《物理小识》中说："万历末，有携淡把姑至漳泉者，马氏造之曰淡肉果，渐传至九边，皆衔长管而火点吞吐之，有醉仆者。崇祯时严禁之不止。其性可以祛湿发散，然服久则肺焦，诸药多不效，其症为吐黄水而死。"

抽烟过多会吐黄水而死，显然有些夸张，但它的危害已经被人熟知了。但这一个东西一旦推广普及开来，就刹不住车。清初的《寒夜丛谈》一书上就已经记载："烟草产自闽中……崇祯初重法禁之不止，末年遂遍地种矣。余儿时见食此者尚少，迨二十年后，男女老少，无不手一管，腰一囊。"

再稍晚，《三冈识略》里烟草已经祸及闺阁："明季服烟有禁，惟闽人幼而习之，他处百无一二也。近日宾主相见，以此鸣敬，仰涕唾，恶态毕具。始则城市服之，已而及乡村矣。始犹男子服之，既则遍闺阁矣。习俗易人，真有不知其然而然者。"女人吸烟，有名的"东北三大怪"之一大怪就是"姑娘叼个大烟袋"。

《红楼梦》写的是清乾隆年间的事，这个时候，烟草已经进入，但贾府上下无人吸烟，他们只闻鼻烟。

> 麝月果真去取了一个金镶双扣金星玻璃的一个扁盒来，递与宝玉。宝玉便揭翻盒扇，里面有西洋珐琅的黄发赤身女子，两肋又有肉翅，里面盛着些真正汪恰洋烟。晴雯只顾看画儿，宝玉道："嗅些，走了气就不好了。"晴雯听说，忙用指甲挑了些嗅入鼻中，不怎样。便又多多挑了些嗅入。忽觉鼻中一股酸辣透入囟门，接连打了五六个嚏喷，眼泪鼻涕登时直流。晴雯忙收了盒子，笑道："了不得，好爽快！"

晴雯嗅的是西洋鼻烟，到了八十回后，却突然出现了吸的烟。第一百〇一回里就写"凤姐儿说着，哧地一笑，又瞅着他哂嘴儿。宝玉虽也有些不好意思，还不理会；把个宝钗直臊的满脸飞红，又不好听着，又不好说什么。只见袭人端过茶来，只得搭讪着自己递了一袋烟，凤姐儿笑着站起来接了。"

前八十回里从来没有凤姐抽烟的文字，这里转眼就叼起了烟枪，显然是作者自己认为女人们抽烟是很常见的事，随手就写进了章节里。想想凤姐那个美艳贵妇模样，忽然像个村东头的大妈一样叼个烟袋，还真是恶寒。

心灵之境　娑罗双树

《沙羅双樹》（中译《沙罗双树》）

◎片　名　沙罗双树　沙羅双樹
◎年　代　2003 年
◎国　家　日本

◎导　演　河瀬直美
◎主　演　福永幸平
　　　　　兵头佑香
　　　　　河瀬直美

有一部日本电影，叫《沙罗双树》，女性导演河濑直美的作品，长镜头悠然散漫，像是要讲一个生命轮回的故事，却又像是在抒发导演自己对奈良这个老城的个人情感。那些长镜头摇过小巷旧屋，柔光镜温柔地过滤光线，那个倏然停止的夏季，绿意扑出银幕，知了在耳边鸣噪。

看这样的电影，像是看到导演那双手通过镜头去爱抚她爱恋的古老城市，安静缓慢，听她用对佛经的感悟，讲一个关于涅槃的寓言。这其实是一个主题先行的作品，作者电影的特点就是创作者有了某个打动内心的萌点，然后去为这个中心铺陈开一个故事。太多的个人情感投射在作者的作品里，观影者则难有共鸣。

电影里的每一个分镜头长镜头摇晃的跟踪镜头，都是导演诗意化的和歌和俳句，展现的是作者本人对故城的眷恋，对生命的理解，对荣枯的表达。

电影中少年俊的孪生兄弟圭，在十二岁那年一个夏季下午的突然消失，让俊和父母的生活如时钟停摆，小舟搁浅，直到五年后母亲又生下一个弟弟，时间才重又开始向前流淌。一死一生，一枯一

炮弹树　　玉蕊科炮弹树属。其花序生于茎干，花朵奇异如同张开的嘴巴。

荣。对宇宙来说，这么短的时间可以忽略不计，仿佛停止不前；对生命来说，则过了几回寒暑，枯荣交替。少年俊不可逆地长大，把童年的圭抛在了身后。导演用"沙罗双树"来为这个内心隐痛的故事作标题，无非是想表达"常与无常、乐与无乐、我与无我、净与无净"的辩证观点。

"沙罗双树"这个词，出自佛教"娑罗双树"，因为翻译的原因，"娑罗"到了日本，就写成了"沙罗"。"娑罗双树"是佛祖释迦牟尼涅槃时所处的地方，电影用这个无穷大的词来命名，其意非小。

最早接触"娑罗双树"，是在金庸的《天龙八部》第一部第十章里：

世尊释迦牟尼当年在拘尸那城娑罗双树之间入灭，东西南北，各有双树，每一面的两株树都是一荣一枯，称之为"四枯四荣"。据佛经中言道：东方双树意为"常与无常"，南方双树意为"乐与无乐"，西方双树意为"我与无我"，北方双树意为"净与无净"。茂盛荣华之树意示涅槃本相：常、乐、我、净；枯萎凋残之树显示世相：无常、无乐、无我、无净。

当时年纪小，看到这一段

石蒜，民间俗称蟑螂花，日本称彼岸花。红花石蒜据说就是佛经中的蔓殊沙华。

只觉高深莫测，自知无法明白佛法的大义，便一扫而过，继续去追看段誉的奇异经历了。

娑罗双树是龙脑香科娑罗双属植物。它最大的特点不在花，而是果，单个的果子是有两片翅膀一样的狭长形的翅果，一串有几十个，一串串下垂着，让它看起来有点像枫香果的感觉。

但在印度的寺庙建筑雕刻上，关于娑罗双树的形态，大部分都被刻画成玉蕊花科炮弹树的花。其花序生于茎干，花朵奇异如同张开的嘴，六片硕大的花瓣，合成一个大碗状，花瓣内部为鲜红色，背面是白色。鲜红大碗里，是海葵一样密密的红柱黄头的花蕊。花落了之后，结排球那么大的果子，就像一个个炮弹。

在如今大多数的印度寺院，不管是印度教还是佛教，基本上种的都是炮弹树，并且就管炮弹树叫娑罗双树。炮弹树实在是太像一棵圣树了：一树红花，张开鲜红的嘴唇，婆娑枝条，有的可以从树干直长至地面；无拘无束，自由延伸。而娑罗双树则平淡无奇，如同一棵家乡村头的大枫香树。

丁福保《佛学大辞典》中，关于娑罗双树的解释是这样的：属龙脑香科。叶呈长椭圆形而尖。花小，呈淡黄色。果实有长一二寸的翼。

但这是后人的注释，佛经上又是怎么说的呢？

《大般涅槃经后分》卷上"应尽还源品"云："大觉世尊入涅槃已，其娑罗林东西二双合为一树，南北二双合为一树，垂覆宝床盖于如来，其树即时惨然变白犹如白鹤，枝叶花果皮干悉皆爆裂堕落，渐渐枯悴摧折无余。"

我看这一段文字，更容易代入到炮弹树上。当那树花谢叶凋之时，落叶落花满地，只余枝条委顿，枝枝梗梗，残败不堪，一派凄凉之景。当得起如上描述。

而《大般涅槃经疏》卷一云："其叶丰蔚，华如车轮，果大如瓶，其甘如蜜，色香味具。"这样的描述，怎么看也不是龙脑香科的娑罗双树，而更像是玉蕊科的炮弹树。光是"果大如瓶"这一条，就把翅果给排除了。

佛祖释迦牟尼一生中的几个重要时刻，都与树有关。他降生在他外婆家花园里的一株无忧树下，成佛于菩提树下，涅槃在娑罗双树间。因佛祖与植物有这样深厚的情谊，佛教中便有了"五树六花"之说。

"身是菩提树，心如明镜台"和"菩提本无树，明镜亦非台"之争论，让"五树"中的菩提树变得家喻户晓，读过几本书的人都知道"我相非我"此类机锋。然而，菩提树并非不常见，它原本就是热带地区常见的树，寺院里必种的。印度有多少佛教寺庙？数不胜数；南亚大地上有多少菩提树？恒河沙数。

有一回在微博上和人争论，便是为了这菩提树。瑞士国家旅游局的官方微博发了一张图片，说："这棵长在瑞士圣加仑州Toggenburg的椴树，身形美妙，散发着神谕般的光辉。谁说菩提本无树呢？椴树据说就是传说中的菩提树！"我看到了，回复说："菩提本有树，桑科榕属。椴树是椴科。瑞士怎么会有菩提树？"瑞士高寒之地，怎么长得出热带植物菩提树？

网友回复说，柏林也有"菩提树大街"，这是欧洲著名的林荫大道，长一千五百米，从勃兰登堡门向东，到称作马克思－恩格斯桥的官桥，大街人行道两旁和中央的安全岛上，种了四季常绿的菩提树，婆娑成行。

柏林那纬度，那两边种的，也都是椴树，心叶椴，和菩提树真没关系。

之所以会出现这样的错位，乃是出自翻译的原因。椴树在日语中被称为"西洋菩提树"，中文又从日语译来，借用的时候砍掉了"西洋"二字，这个笔误便一直沿用了下来，以致在柏林的林荫大道上遍植南亚次大陆"我与无我"的菩提树，这是想让马恩导师和释迦牟尼开辩论会吗？

"蔓殊沙华"同样出自佛经，在佛经里好好地待了两千年，一点事没有，但一经日本漫画的渲染，顿时风靡国内网文写手圈。写手们全不去深究，只是被这妖娆的名字吸引，你也"蔓殊"我也"沙华"，甚至让女主角穿一身"蔓殊沙华"颜色的衣裳，直接说大红色不行吗？

说到佛经的"五树六花"，想到孔林里的楷木和地坛里的桧柏。楷就是楷模。孔夫子身为万世师表，自是一代宗师和楷模，在孔林里种树，没有比楷木更适合的了。而地坛里的桧柏，则浓绿发黑，老枝如虬龙，树瘿似鬼面，树皮皴裂扭曲，苍劲古老，恰合地之厚德。

昨天恰有朋友说：几个人去地坛，里面几乎空无一人，满目无聊。看到有个工作人员，就问她有没有史铁生的遗迹。她冷冷地说没有。我们就在旁边逛逛，一边议论地坛在景观上太平庸，真应该给史铁生立个雕像，可以成为仅有的亮点。突然这位工作人员大妈接近爆发式地喊叫起来：凭什么？凭什么给他立雕像，他算什么呀？！

我也要问：凭什么呀？发出这样的讨论，是真的不理解地坛和上面的桧柏啊。在树与树的间隙，树成为篱障，挡掉了视线里可能出现的一切建筑物。在视线所及的范围里，除了天就是地，还有就是创造这个小境界的桧柏树。由树把可能影响人心去观察天地的干扰摒弃隔绝，纯粹地去体会天与地对人的塑造。这些塔形的桧柏树扎根大地，笔直向天。它们把人的视线与红尘割裂，顺着枝干直到树顶，再引向浩瀚天际。它们发人深省引人深思，它们拷问自身内心：此生所为，是否无愧于天地。

地坛的设计者，是真正懂得怎样用建筑和植物来营造这个敬天祭地的庄严场所的。

大千世界，娑婆烦恼，纷纭繁杂，民生如蚁。处京师阡陌之平坦，当视身在宇宙之间，巍巍然如临泰山之巅。如何才能体现这样的胸臆气魄？建高台则俯见民居街市，失其肃穆；垒重栏则重复天坛檐阙，逆其相犯，唯有树百亩之桧柏，见天见地，而不见人。云在天心，树在地表，人在其下，而感其厚德载物，德合无疆；知其含弘光大，品物咸亨；服其括囊无咎，以大终也。

《沙罗双树》这个故事，用佛经来讲，作者导演"我持"太重，达不到菩提"无我"之境界；而地坛之桧柏，才是真正"无我"之法。那些树某作家之碑之议，徒多事耳。

异域之花　　郁金香

《Fanfan la tulipe》（中译《郁金香芳芳》）

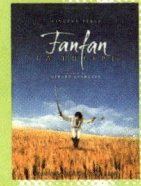

◎片　名　郁金香芳芳 Fanfan la tulipe
◎年　代　2003 年
◎国　家　法国

◎导　演　热拉尔·克瓦兹克 Gérard Krawczyk
◎主　演　文森特·佩雷斯 Vincent Perez
　　　　　佩内洛普·克鲁兹 Penélope Cruz
　　　　　让·雷谢夫 Jean Rochefort

　　樊尚·佩雷的发际线还没有向后移的时候，他是一枚翩翩公子，与苏菲·玛索调情，和潘妮洛普·克鲁兹互抛媚眼，坠入伊莎贝尔·阿佳妮的玛尔戈式情网里。当他守不住他的发际线的时候，爱情电影就变成了汽车的软广告。想起同样是帅哥一枚的裘·德洛，脑门成了地中海之后，只能演被安娜抛弃的卡列宁，悲哀地痛苦地问：她为什么会这样对我？硬心肠的观众说，因为你没有守住你的发际线！如果亲爱的它还在，你怎么也得是渥伦斯基。

　　芳芳真是个可男可女的名字。苏菲·玛索顶着一头俏皮的卷发在镜子后面载歌载舞的时候，芳芳恰是为她度身定做的；而樊尚·佩雷叫芳芳的时候，那就是不折不扣的花花公子，穿着带蕾丝花边的绉肩亚麻白衬衫，手持花剑，潇洒不羁，配得上"芳芳郁金香"这个花哨名字。他一路上的神奇冒险之旅，也把路易十五时期的"花边战争"衬得浪漫多情。

　　说起来法国人还真是喜欢郁金香，《芳芳郁金香》拍过多次，大仲马也给他的男主角戴一朵"黑郁金香"。芳芳是怎么和郁金香联系起来的呢，是他拾起了一枚郁金香奖章。

1593 年，第一颗郁金香球茎由一位荷兰人格纳（Guesters）从康士坦丁（即现在的土耳其）进口。从那以后，在社会上被视为财富与荣耀的象征，价格一路上涨。四十年后的 1635 年，炒卖郁金香成为全民运动。

——中国也有同样的事件，80 年代初，君子兰被定为长春市市花，当时政府号召家家都要养三盆至五盆君子兰，社会随后进入疯狂炒卖君子兰时期。在花市街，端一盆君子兰，不等走完一条街，价钱可以涨三次。无数家庭拿出毕生积蓄投入炒热君子兰的伟大事业之中，当时有君子兰商贩宣言，我要你们一个月不吃不喝也买不起一个君子兰花球，一年工资不够买一盆君子兰。曾经有人提出用市值九万元的皇冠车换一盆"凤冠"君子兰，还被拒绝了。最高成交价是十四万元买一盆君子兰。

到了这个时候，君子兰虽然还是君子兰，但养君子兰的人已经不再是君子了。过后不久，君子兰的泡沫和所有的泡沫经济一样破裂了，人们恢复了理智，君子兰的价位回归正常。不过余韵仍在。到现在，我家附近的一个菜市场，时不时有一位东北口音的大妈在卖君子兰，用婴儿推车推个三五盆，放在菜市场门口，不时吆喝一声："君子兰，长春的。"看来君子兰和长春是永远地联系在一起了。

牛顿说过：我可以计算天体运行的轨道，却无法计算人性的疯狂。

当一件事情被炒得热火朝天热得烫手的时候，就离崩盘的日子不远了。离全民买郁金香期货不久之后的 1637 年 2 月 4 日，郁金香市场突然崩溃，价格下跌 90%。郁金香事件，是人类史上第一次有记载的金融泡沫经济，此事间接导致了当时欧洲金融中心荷兰的衰落。但民间喜欢郁金香的爱好却保留了下来，时至今日，荷兰的郁金香花田仍是最美的风景之一。

一百年后，郁金香的风潮从荷兰蔓延到了法国，勇士勋章的图案就是郁金香。当芳芳拾起那一枚郁金香勋章时，"芳芳郁金香"的名号从此流传了下来，成为浪漫法国的一个象征性人物。

郁金香的名字，据说原意是指"穆斯林头巾"，英文名是Flower of Common Tulip，怎么看都和"郁金香"三个中文字没什么关系。当初把这种"穆斯林头巾"花命名为美丽别致的"郁金香"的那位高人是从何处得来的灵感？是觉得这个花的形状就像一只高脚酒杯，因此赋予它一个古代美酒的名字吗？

土耳其被称作郁金香的故乡，因此这一名字就带有穆斯林风格。在90年代初，正大剧场曾经放过一部美剧《后宫》。讲的是一战之前，一个英国外交官带了未婚妻去奥斯曼帝国上任，途中女孩被阿拉伯人劫走，献给了国王苏丹。这群人的领袖是一个英俊的巴沙，为了暗杀苏丹，巴沙买通官人进入后宫，谎称是一名太监，与女孩谈起了恋爱并共度良宵。事情被撞破，苏丹将女孩沉入海中，并将在不久后的郁金香花节上当街砍下巴沙的头。

到了那一日，宫中与广场上堆满了郁金香，花如海人如潮，金红灿烂玉碧辉煌，从皇宫所在的山脚下直堆到皇宫的高墙前。即使《满城尽带黄金甲》里太和殿广场上一地的菊花，也没有那一座山一座城的郁金香花多。

当然，姑娘和巴沙都安然无恙，非但无恙，而且姑娘最终与西方文明再见，投进了阿拉伯世界。两人一骑绝尘而去，在观众心里留下美好的回忆。

郁金香 ·　百合科郁金香属。多年生草本。17世纪荷兰的郁金香投机
狂热，造就了一个经济学术语——郁金香效应。

兰陵美酒郁金香。中有郁金苏合香。姜科郁金一直存在于诗词歌赋里。

片中姑娘雪肤金发，美貌如花；阿拉伯男人强壮彪悍，来去如风，越发显得英国青年文弱不堪。这是1986年的美剧，这个时候美国与阿拉伯世界关系尚好，因此片中是阿拉伯青年占尽了上风，抢了姑娘卖了姑娘睡了姑娘又带走了姑娘，好似整个西方世界在他面前不堪一击。谁知世界局势风云突变，饰演巴沙的中东男子阿特·马里克到了1994年的《真实的谎言》时代，就成了特工施瓦辛格打击的恐怖分子，在影片的末尾被他挂在了鹞式战斗机的导弹上，射进了大楼里，与钢筋水泥一起粉身碎骨，万劫不复。

可怜的观众看到这张熟悉的面孔最后被定格在了惊恐万状的那一刻，曾经的粉色玫瑰梦金色郁金香一齐涌到了眼前，怎么都无法把这个邪恶力量与骏马上英武的阿拉伯战士画上等号。好莱坞创造了一个梦又亲手打碎了它。

如果没有看过这部美剧的观众想不出他马上的风姿，那么回忆一下多哈亚运会上的最后一个场景：身披白袍胯下骏马的阿拉伯勇士急步催马，奔上斜坡去点燃亚运火炬，记得那一刻的精彩就可以了。政治风云决定文艺走向，那以后，再没有在银幕上出现如此动人的阿拉伯文艺青年了。

说回郁金香，与它相伴的是一句著名的唐诗：兰陵美酒郁金香，玉碗盛来琥珀光。兰陵有一种美酒用郁金来浸，非常地香，倒一碗出来，颜色金黄，有琥珀的光泽。

郁金是一种姜科植物，入药浸酒用的是同科同属的郁金、莪术、姜黄的块根，这些块根的作用和现在我们用老姜烧鱼烧肉差不多，取那点辛辣之味。姜有香气，含挥发油，与姜同科的郁金莪术也有同样的特性，用来浸酒，恰好可以让酒把块根里的芳香物质提取出来，融于酒中，酒色金黄，酒香扑鼻，酒名长传至今。

但郁金香确实是一种花。在唐代人著的《本草拾遗》中有过这样的记载："郁金香生大秦国，二月、三月有花，状如红蓝，四月、五月采花，即香也。"古代大秦指的是罗马帝国和近东，地理位置对得上，开花时间也相符，但对花的形容却不够准确。他说郁金香"状如红蓝"，这就不对了，红蓝指的是菊科的红蓝花，郁金香这种像酒杯一样的花，和菊科的花相去甚远。《唐书》上还有过一个记载："太宗时，伽毗国献郁金香，叶似麦门冬，九月花开，状似芙蓉，其色紫碧，香闻数十步，花而不实，欲种者取根。"怎么看也和现在说的郁金香搭不上界。

姜科的郁金作为香料，一直存在于诗词歌赋里。古乐府里有咏莫愁女的诗，描写她嫁的卢家是这样地华丽高贵："卢家兰室桂为梁，中有郁金苏合香。"——卢家的房子是用桂木来做梁的，屋子里熏了香，那是郁金和苏合。苏合，是金缕梅科苏合香树分泌的树脂。郁金产自中国南方，苏合香更是来自海外波斯，卢家用得起这样稀少昂贵的香料，那确实是当时数得上的富豪人家了。

这是平民女儿嫁了有钱人家，用家里有郁金苏合来显示富贵，帝王之家呢？晋武帝司马炎有个左贵嫔，是个才女，很写了一些诗赋，她写过一篇《郁金颂》是这样写的："伊此奇草，名曰郁金。越自殊域，厥珍来寻。"左贵嫔名棻，司马炎的三夫人之一，才华横溢但不漂亮。司马炎很敬重她，一般在华林园转圈时，不管他的羊车往哪儿跑，都会去找她聊聊。她性子低调，屋子也不华丽，《郁金颂》全文也大有《女诫》之意。连她都赞美郁金之珍奇难得，可见珍稀。

不管怎么说吧，郁金和郁金香都是佳草佳名，历朝历代的人们对它都有着慕名的喜爱，既然李白说了"兰陵美酒郁金香"，那么就把19世纪末20世纪初进入中国的酒杯状的花命名为郁金香吧。它虽然不香，但从形状和花色来看，也确实当得起这个从酒而来的美名。

野火之花　　凤凰木

《倾城之恋》

◎片　名　倾城之恋
◎年　代　1984年
◎国　家　中国香港

◎导　演　许鞍华
◎主　演　周润发
　　　　　缪骞人

看邵氏旧片《倾城之恋》是一次难忘的经历，难忘在随时可以出戏，玩笑着指点剧中人物各种与小说不搭调。

本来看名作改编的电影有各种角度，有看导演的，一听导演是许鞍华，香港少有的坚持文艺片拍摄的女导演，马上心折；有原著党，一看作者是张爱玲，无条件支持；有明星拥趸派的，发哥的粉丝自然不会错过这个片子；有八卦门众，听说女主角缪骞人头戴着"最有气质港姐"的桂冠，少不得要去观摩一番。结果一看之下，全部大跌眼镜，眼珠子骨碌碌滚了一地。

我是冲着缪骞人去看的。当年曾有一个排名：最有气质的港姐是缪骞人，最优雅的港姐是朱玲玲，最能打的港姐是高丽虹，最美港姐是李嘉欣……如果看了这部电影再来看这个排名，铁定吐血三升。后几个也算得上是实至名归，就是这缪美人，有点担了虚名。

但见这片中，缪美人不是个美人儿，是个纸板人。穿松身暗色旗袍，留短发，短得几乎可以和片中的周润发媲美。从头到尾朴素得不像一个四十年代初的上海女人，倒像是个从广东乡下初到香港的娘姨。

张爱玲曾经在《沉香屑·第一炉香》里把上海女人和香港女人做过一个精妙的比喻："如果湘粤一带深目削颊的美人是糖醋排骨，上海女人就是粉蒸肉。"

在许鞍华导演的安排下，偏偏就让一碗糖醋排骨替代了粉蒸肉，可想而知那会是怎么地不对味。缪骞人有着典型的广东女人的相貌，深目削颊高颧骨，有的角度上看过去，那额角上甚至有两个包！当这个硬着腰身硬着腔调的白流苏与油滑的范柳原调情的时候，只看到范柳原一副棋不逢敌手的尴尬。这不是抖一抖就絮索流动的锦缎流苏，而是上了浆的一块土织棉布。

这部电影除了女主角不对味之外，还有一个莫名其妙的地方，就是一夜风流后出现在浅水湾酒店阳台上的那一丛红花。即使对植物不熟悉的观众，只要是读过原著，很自然就会把这丛红花与书中的野火花联系在一起。

读过张爱玲《倾城之恋》的读者都会记得书中关于野火花的描写："到了浅水湾，他挽着她下车，指着汽车道旁郁郁的丛林道：'你看那种树，是南边的特产。英国人叫它野火花。'流苏道：'是红的么？'柳原道：'红！'黑夜里，她看不出那红色，然而她直觉地知道它是红得不能再红了，红得不可收拾，一蓬蓬一蓬蓬的小花，窝在参天大树上，壁栗剥落燃烧着，一路烧过去，把那紫蓝的天也熏红了。她仰着脸望上去。柳原道：'广东人叫它影树，你看这叶子。'叶子像凤尾草，一阵风过，那轻纤的黑色剪影零零落落颤动着，耳边恍惚听见一串小小的音符，不成腔，像檐前铁马的叮当。"

影树的象征意义在这里已经说明，那红得像火一般的花朵盛开在凤尾羽影的叶子上，那是情欲之火，生命之火。以致到了后来，两个人经过一番计较地恋爱后，流苏从香港回到上海，又接到范柳原的电报，再次从上海到了香港，范柳原把她安置在浅水湾酒店她原来住的房间里，那一夜流苏从盥洗室卸了妆出来，范柳原已经躺在了她的床上。野火花再一次点燃了热情。

小说里写得极暗涩，他吻了她，两人都疑惑这不是第一次。整篇文章，都是从白流苏的角度来写，从她到香港起，就不停在猜范柳原对她是用的什么心，是否用了心，是纯粹的白相还是有那么点真心。

读者跟着白流苏也在猜，范柳原这家伙一表人才的，又有钱又是单身，不像白流苏结了婚又离婚，身份不那么矜贵，他看中白流苏什么呢？如果按现在的说法，是个"泡良族"，还是按从前的路子，就是个拆白党？

一路细细读到这里，才隐约看到作者开了"金手指"，第一次从上帝视角来写："因为在幻想中已经发生过无数次了。从前他们有过许多机会——适当的环境，适当的情调；他也想到过，她也顾虑到那可能性。"

看到这里，扑通一下，读者的那颗玻璃心落回了胸腔里，还好还好，他是动了心的，谈恋爱怕就怕认真二字，一认了真，就难免牵挂不下了。于是"凉的凉，烫的烫，野火花直烧上身来"。

红千层是常绿灌木或小乔木，花形是奇异的穗状，像极了红色的刷子。

凤凰木 · 豆科凤凰木属。落叶大乔木。植株高大，可达二十米以上。性喜高温多日环境。在台湾，常与蝉鸣并列为毕业的象征。

　　果然第二天，他就提议替她在香港租下一幢房子住下，等到一年半载，他也就回来了。——这浪荡子果然够坏，明明动了心动了情，还要摆架子，这一夜的野火花显然烧得他心惊胆战，他一醒过来，就觉得不能再和白流苏缠绵下去了，他得冷一冷他们的关系。

　　野火花，张爱玲说，广东人叫它影树，她曾不止一次地写过影树。在《连环套》中，几次三番出现过：

> 　　水乡的河岸上，野火花长到四五丈高，在乌蓝的天上密密点着朱砂点子……野火花高高开在树上，大毒日头照下来，光波里像是有咚咚的鼓声，咚咚舂捣着太阳里的行人，人身上黏着汗酸的黑衣服。

　　影树，学名凤凰木，原产非洲马达加斯加，英文名字叫 Frame of the Forest，直译是"森林的火焰"，在张爱玲那个时代，也许在香港的英国人会叫它"野火花"。这几个名字都很形象，凤凰木开花，平展的树顶上一片橙红，像树顶着了火，灿烂热烈，如火如荼。广东人则叫它影树，像是说凤凰木的叶子细细碎碎，望之有影影绰绰的感觉。作为豆科的大乔木，叶片是不容认错的标志性二回羽状复叶。

　　凤凰木是高大的落叶大乔木，高达十至二十米，树形广阔似伞如屏，花开时，红艳满枝，远望恰如一片火烧云，绵延无尽，彤透半边天壁。那样地壮丽与热烈，仿佛是一种勃勃生机，或者积极而奋勇向前的人生。无颓败之势，无凄凉之感。一树的烈烈如焚，毫无忌惮地放肆着花叶的灿烂及辉煌，在阳光的喷薄下只有更为繁茂，疑似永恒的红。因此叫它野火花也好，叫它森林的火焰也好，都是不错的名字。

张爱玲用凤凰木的火红之色喷薄之势来注解爱情，这爱情就有了燃烧的意味，所以那一刻，深闺寂寞的白流苏才能体会到野火花的汹涌澎湃，凉的凉，热的热，烧上了身。然后第二天，范柳原说要回英国去，这一去就是一年半载。烧得快的熄得也快，那野火花，才燃烧了一夜，已经凉了。

如果有观众说不会被这个镜头误导，不会说这一丛红花一定不是野火花，没那么明显的暗示。那么只能说，许鞍华导演，你成功了，你把电影语言另外诠释了一番。原著中用文字表达的意境，与电影中用镜头表达的意境可以完全没有关系。要不，怎么解释这浅水湾大酒店的阳台上会出现这么大一丛红千层来？不会是凑巧吧？如果硬要说是凑巧了，那让春宵千金刚醒来的白流苏含情脉脉地揎下一朵红千层，又所为何来？

红千层，桃金娘科红千层属，原产澳大利亚，树高二至三米，英文名字是 Stiff Bottle-brush，直译就是瓶刷树。它的花就跟一支洗玻璃瓶子的刷子没有一点两样，并且这玻璃瓶还是细长的玻璃瓶，大口瓶伸得进一只手的就不用专门的刷子了。得是试管，因此它又有个名字叫"红试管刷树"。名字不好听，好在形象。很多植物的英文名字都有这个特点，十分善于抓重点。

虽然红千层也火树红花，满树吐焰，叶子也细细长长，但 Bottle-brush 和 Frame of the Forest 总还有点距离。看着白流苏拿着一枝"瓶刷子"作势要插进范柳原的西装口袋上，怎么都会有滑稽之感。

情色之戒　　玫瑰

《红玫瑰白玫瑰》

◎片　名　红玫瑰白玫瑰
◎年　代　1994 年
◎国　家　中国

◎导　演　关锦鹏
◎主　演　陈冲
　　　　　叶玉卿
　　　　　赵文瑄

自从张爱玲女士的《红玫瑰与白玫瑰》问世，红白玫瑰的比喻就甚嚣尘上。

也许每一个男子全都有过这样的两个女人，至少两个。娶了红玫瑰，久而久之，红的变了墙上的一抹蚊子血，白的还是床前明月光；娶了白玫瑰，白的便是衣服上沾的一粒饭黏子，红的却是心口上一颗朱砂痣。

从那以后，准确地说，是从 90 年代张爱玲与她的作品重新回到人们的视线中后，电影和文学作品中凡是出现两个女主角，就会被定义为红玫瑰与白玫瑰。红白玫瑰出现之频繁，让人怀疑拥此论调者是不是兰开斯特王朝和约克王朝各自的支持者。

爱玲女士的高明论调自然是别具一格，读者看了顿时有醍醐灌顶恍然大悟的觉醒，而导演关锦鹏更是抢先一着，选了这篇小说来拍。这篇《红玫瑰与白玫瑰》，可以算得上是张氏的代表作了，比起李安导演另辟蹊径拍《色·戒》，可以说毫不意外。

《色·戒》在被李安相中之前，一点没引起读者更多的兴趣。当时传出李安要拍张爱玲的作品，还曾猜过会是哪一篇，猜测的结果是会不会有可能重拍《倾城之恋》，或者是《沉香屑·第一炉香》。等确切的消息传出，是《色·戒》，熟悉张爱玲作品的读者还愣了一下，一时想不起这篇小说讲的是什么故事。待重温复习之后，还是在疑惑，这篇女主角名叫王佳芝的小说是什么地方打动了李安导演，甚至王佳芝这个名字，最初念起来，都不是那么顺口。

读者谈论张爱玲的作品，除了红白玫瑰，就是一二炉香。葛薇龙的故事更能引发读者的同情心，眼睁睁看着她走进那座吞噬人的坟墓般的大宅子，却又无能为力，那一切都是她自己选的，并且她也知道她终将面对的是什么。那一种悲凉，抓住了读者的心。对薇龙来说，唯一的一点安慰，是她爱乔其，因为爱他，愿意为他牺牲色相和肉体。对读者来说，乔其也有过那么几分钟是爱她的。只要爱过，好歹就不算白白付出了。

爱情对精于算计的男女来说，是真正的奢侈品，等闲之人负担不起。于是张爱玲的另一句名言诞生了：遇到他，她变得很低很低，低到尘埃里，但她心里是喜欢的，从尘埃里开出花来。

薇龙之于乔其，便是低到尘埃里开出花儿来的代表，可你爱他什么呢？也许在她那个环境里，乔其是少有的还可以去爱的人了。不然，难道去爱五六十岁的糖心爹地？

因此，不管怎么说，红白玫瑰遇上佟振保，也算是略好的命运了，虽然她们的爱同样卑微没有回应。佟振保是个只爱自己的人，爱自己爱到洗个脚，都会自怜一番，爱自己到嫖个妓，都会自赞一番。而红玫瑰王娇蕊说："自你起，我才懂得什么是爱。"

白玫瑰孟烟鹂局限在她的小世界里，除了与小裁缝偷情，再没有别的人可以让她感受爱的尊重与回应。两个女人都被他的无情和自私伤害。

娇蕊和烟鹂，红玫瑰和白玫瑰，不过是振保派给她们的角色扮演，两个女人都爱他，他都不爱。如果都娶回家了，下场不过是饭黏子和蚊子血。可怜它们的前身，还曾是一朵玫瑰花。

玫瑰花儿人人爱，四十年代的摩登上海，唱玫瑰花的歌曲不少。《玫瑰玫瑰我爱你》，爵士音乐一起，灯光一打，就是百乐门的舞厅场景：

玫瑰玫瑰最娇美／玫瑰玫瑰最艳丽／长夏开在枝头上／玫瑰玫瑰我爱你／玫瑰玫瑰枝儿细／玫瑰玫瑰刺儿锐／今朝风雨来摧残／伤了嫩枝和娇蕊

这些被风雨伤了娇蕊的玫瑰，末了的下场，就是饭黏子和蚊子血了，没人怜惜。因此当时另有一首《玫瑰三愿》是这么唱的：

玫瑰花，玫瑰花，烂开在碧栏杆下／我愿那妒我的无情风雨莫吹打／我愿那爱我的多情游客莫攀摘／我愿那红颜常好不凋谢／好教我留住芳华

许下三个愿，不过是希望外力莫要来摧残，身为一朵玫瑰花，又能有什么办法留住芳华？

莎士比亚说，一朵玫瑰是一朵玫瑰。每一朵玫瑰都与众不同。

世人皆爱玫瑰，我们现在常说的玫瑰，更多的是受西方的影响，把现代月季都统称为玫瑰。英语里，没有月季、蔷薇、玫瑰的区别，都叫 Rose，翻译回中文，全是玫瑰。但是这三种花，原产地都在中国，中国把它们分得清清楚楚，除了月季、蔷薇、玫瑰，还有十姊妹、七姊妹、野蔷薇、金樱子、荼蘼、木香、缫丝花、黄刺玫等。不过在西方，也有区别，月季叫 Chinese Rose，月月红月季叫 Chinese Monthle Rose，玫瑰则是 Rugose Rose。

按中国人的习惯，月季是蔷薇的古代栽培品种，因为月月开花，也叫月月红。也就是说，月季是中国古代起就开始栽培选育的蔷薇花，而现在说的玫瑰，则是传入欧洲后经过园艺选育后新栽培出来的现代月季。

市售的所谓玫瑰都是现代月季，简称月季，在植物学和园艺学上，玫瑰和月季还有蔷薇，三者之间泾渭分明。

欧洲在 18 世纪前的漫长黑暗中世纪里，蔷薇主要的栽培品种只有三个：法国蔷薇、百叶蔷薇和突厥蔷薇。虽然已经有了重瓣品种，但花色单调，每年只开一季。直到 1768 年后，中国的四个月季品种"月月红"、"月月粉"、"彩晕"香水月季和"淡黄"香水月季先后传入欧洲，与欧洲的蔷薇反复杂交。1837 年首次在法国育成了杂种长春月季品种群，但这个也还只是一年开一两次花。再经反复杂交和培育，在 1867 年育成了真正四季开花的新品种"法兰西"月季，成为杂种香水月季中新品种群的起点。这是月季进化史上进入新纪元的标志，1867 年即被定为"现代月季"和"古代月季"的分界线。

玫瑰与月季的最大区别是，玫瑰有原生种，月季非原种，是蔷

玫瑰 蔷薇科蔷薇属。直立落叶灌木。茎密生锐刺，叶片有褶皱。花朵用于蒸制芳香油，亦可用于制作馅料、玫瑰酱等食品。

薇的栽培品种。玫瑰花香刺多叶皱，可以提炼玫瑰精油，能耐零下三十度左右的极端低温。国内最出名的平阴紫玫瑰和甘肃苦水玫瑰，基本上都变成了玫瑰酱。我曾经编过两句诗，说的就是玫瑰和月季的区别：

玫瑰月季蔷薇君，统统都是 Rose 酱。

玫瑰牺牲做精油，月季送到你手上。

中国从汉朝起官廷就盛栽蔷薇，到了明朝，王象晋撰写的《群芳谱》里列出了二十个品种的蔷薇和月季，在三百余年之前，中国的月季品种远超世界其他国家。

《红玫瑰与白玫瑰》也好，《玫瑰玫瑰我爱你》也好，《玫瑰三愿》也好，情人节的"蓝色妖姬"也好，它们都是月季，而非玫瑰。

曹雪芹的《红楼梦》里，写的是玫瑰。第六十五回，贾琏的仆人兴儿吃得高兴，又比又说，手舞足蹈，从元春直说到宝玉，连亲戚家的姑娘黛玉和宝钗都说了。说大姑娘福气好，不好也不会进官了，二姑娘是"二木头"，戳一针也不会嗳哟一声。说到"三姑娘"，诨名是"玫瑰花"："玫瑰花又红又香，无人不爱的，只是刺戳手。"

兴儿一句话就说到了玫瑰花的特点：又红又香、刺戳手。原种玫瑰的园艺品种不算多，花色除了白色，就是从粉红到紫红几种不同的红色系。玫瑰为直立灌木，高可达两米，枝干上覆盖了一层密密麻麻的大刺小针，根本不要想可以用手去摘一朵花下来；而月季花，刺疏而大，间隔可以超过一寸有余。

玫瑰含挥发油，有浓烈香气，可提炼玫瑰精油，主要供香水和

一番花事著光影 当植物遇上电影 情色之戒 玫瑰

化妆品的应用。花瓣还可以食用，加糖制成蜜饯，浸泡玫瑰酒，做玫瑰糖浆，晒干后可以泡茶，活血疏经。

　　玫瑰给人的感觉是柔弱，老是怕被无情的风雨所吹打，但在有的人看来，玫瑰就真的是一朵"铿锵玫瑰"。台湾作家蔡珠儿曾经写过一篇有关玫瑰酱的文章，讲述她用高压锅煮玫瑰的过程：

　　　　煮玫瑰不可踌躇留情，掐枝斩瓣，绝不心虚手软，在菜刀与砧板、炒锅与炉火之间，没有任何粘黏牵缠。玫瑰如钢铁，经历高温蒸馏淬炼，天津的玫瑰露，山西的玫瑰汾酒，黎巴嫩的玫瑰水，保加利亚的玫瑰油，在纯净芳馨中，都有一种冷冽决绝的钢质意味。

　　有人打算照着煮一碗："珠儿的煮的玫瑰酱是选用红玫瑰，在北京的花卉市场上走了一大圈，我发现红色的玫瑰都没有香味，不管是以色列玫瑰黑美人，还是最常见的红玫瑰……我第一次发现原来很多玫瑰是索然无香的。"

　　——这位小姐显然没有明白，她去花卉市场买玫瑰，遇到的这些不香的玫瑰，都是月季。

爱情永恒　鸳鸯藤

《Tristan + Isolde》（中译《王者之心》）

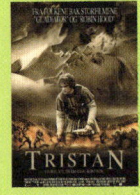

◎片　名　王者之心 Tristan + Isolde
◎年　代　2006 年
◎国　家　美国／英国／德国／捷克

◎导　演　凯文·雷诺兹 Kevin Reynold
◎主　演　詹姆斯·弗兰科 James Franco
　　　　　索非亚·迈尔斯 Sophia Myles
　　　　　卢夫斯·塞维尔 Rufus Sewell

《特里斯坦和伊索尔德》，中影在引进这部片子的时候，把片名给改了，变成了《王者之心》。这一改，就莫名其妙了。王者之心，显见主角是康沃尔国王马克，但在这个故事里，马克国王从来都是个配角，他和伊索尔德的婚姻，是造就这一个爱情故事流传千年的背景。发行方的考虑也许是特里斯坦和伊索尔德不为大多数国人所知，搞两个读起来都不顺溜的名字，不如来个四平八稳的，有王者，有勇士，有美女，有奸情，够刺激，好，票房大卖。

其实这个故事，早在1930年，朱光潜先生就有译本行世，译名为《愁斯丹和伊瑟》。而在西方，这个故事的流传，更是自12世纪起就有了，行吟诗人们吟诵在英法海峡之间，挑起了多少骑士与贵妇的情丝。它最早流传于古代不列颠和爱尔兰的凯尔特人中，贝罗尔在1160年就写成《特里斯当传奇》，近代学者约瑟夫·贝迪耶用他的版本写成了一个完整故事，于1910年出版，遂成定本。朱光潜的译本就是用的这个底本。

朱光潜先生把Tristan译为愁斯丹，音意很搭，Tristan陷在这样的爱情难题里，确实很发愁，搁现在网络语言里，得叫"愁死丹"。

愁斯丹还有一个早期的译本，译者按书面意思，译成崔斯痛。那是因为 Trist 在法文中是"悲痛"的意思，当初他妈妈生他的时候难产，就为他取名为 Tristan，意思是痛苦中出生。可见取名字要取个好名儿啊，Tristan 名字里有个"痛"字，这一生就痛苦至死了。

女主角 Isolde 又写作 Iseult、Isolt 或 Yseult，从英文和德文来译成伊索尔德，从法文来，就是伊瑟或绮瑟。当然也有类似"愁斯丹"和"崔斯痛"这样音意结合完美的，并且按照女孩子取名要"娟秀、明媚、轻盈"的原则，译成绮秀·婉儿。——简直像在看小学女生写的网络小说，把一切娟丽美秀萌翻了的字全都堆在女主角的名字里。

特里斯坦和伊索尔德的故事，几乎成了中世纪爱情的缩影。爱情可以让一切东西让道，包括种族、家国、忠诚、友谊、君臣父子、夫妇人伦，在爱情的面前，这些都不足一提。越是阻碍重重，爱情越是光芒万丈，在黑暗的中世纪，它给了听众对光明的向往。

假设一下，如果特里斯坦娶了伊索尔德，那会是什么样子？都不用去想这个问题。平凡的婚姻，是锻造不出这样的史诗悲剧的，所以马克国王注定是一个千年男配，他失去一只手救下的男孩，是他一手塑成的。他的那只失去的手，便是三人的命运之手。特里斯坦和伊索尔德，必得在这样的国仇家恨情愁之中，才能把爱情写得那么无可奈何。

关于药酒，那是传唱者给他们的行为找的理由，饮不饮药酒，他们都必将相爱，背叛一切可以背叛的原则。在电影中，药酒这一著名的情节被删了。也许现代人不那么假装害羞，爱就爱了，偷就偷了，观众会接受。但对中世纪的听众那个脆弱的小心肝来说，药酒非饮不可。他们并且把药力设定了一个时间限制——三年。三年之后，药力消退，爱情逝去，光彩不再。

三年的设定，让药酒的功效再一次得到肯定一定以及确定，它让特里斯坦和伊索尔德的爱情避免了卫道士的抨击，它让爱情有土壤可以萌发，有天空可以飞翔，有心灵可以触碰，有青春可以放肆。听众等着药力消退后两人恢复理智，又有什么狗血情节可以编造。可是古时的诗人是浪漫的拥护者和制造者，他们挑战的是黑暗的宗教和世俗的平凡，他们不是 TVB 和韩剧的婆婆妈妈们，他们容不得歌颂中的爱情出现这样的事，因此特里斯坦死了，伊索尔德不知所终。爱情必将永存。

特里斯坦和伊索尔德的故事，贯穿整个西方历史，它是浪漫主义的代名词，历代画家喜欢的题材。沃特豪斯（John William Waterhouse）画过，比亚兹莱（Aubrey Beardsley）画过，还画过不止一幅，不约而同，他们都把重点放在了饮下药酒这一场景上。喜欢这个故事的人可以说，他们身不由己。但这个身不由己，其实是人们对爱情的向往和肯定。藉着这个借口，他们可以爱得肆无忌惮。也许谁都希望把毒药当春药饮下，去赴一场以生命为代价的爱情盛宴。

在早期的贝罗尔法国版本出现的同时，有一位女性诗人玛丽·德·法兰西（Marie de France）写过一首《金银花》，大约在 1160 到 1190 年之间，同样讲述了这个故事。

　　　　他们两人情投意合／就如同金银花一样／攀附在榛树的干上／当金银花沿着树干／绕来绕去，紧紧相缠／它们就能共同生存／如果要让它们离分／榛树不久就会枯竭／金银花也同样凋谢／"美人，我们也是如此，没你没我，没我没你！"

为什么诗会以"金银花"命名，内容中也会出现金银花呢？这是因为传说中，特里斯坦把伊索尔德送回给国王马克后，渡海到了布列塔尼，娶了当地公爵的女儿，心里却仍然爱着伊索尔德。特里斯坦又一次战斗伤重，临死时请朋友去康沃尔告诉他的情人请她来看他，为了早一点知道伊索尔德到来的消息，让朋友在船上挂上白帆，如果她不来，则挂黑帆。妻子嫉妒他对伊索尔德的深情，谎报消息说来的是一艘挂了黑帆的船。特里斯坦听了失望而死，等伊索尔德来到，只能抱着情人的尸体痛哭，悲恸而亡。

马克国王把他们的尸体分别葬在了教堂的两边。不久后特里斯坦的坟上长出了一株金银花，爬上教堂的墙壁越过教堂的屋顶蔓延到了伊索尔德的坟上，金银花的根钻进了泥土里，缠绕住伊索尔德的棺木，拥抱着情人的白骨。"他们两人情投意合，就如同金银花一样。"

一千多年前的生活在英国王宫里的法国女诗人，肯定不知道在遥远的东方，有一个叫中国的地方，这里的人们把金银花叫作鸳鸯藤。

金银花学名忍冬，冬月不凋，叶绿长青，故有是名。金银花是俗称，这花在刚开的时候是白色的，开到第三天将谢之时，转为黄色。一本之上，花开千朵，于是白花黄花，金银杂错，香气扑鼻。金银花为蔓生藤本，花朵两两相对，并列在藤条的两边，于是又有了"双花"、"二宝花"的名字。长蕊初开，如飞鸟对翔，又名"鹭鸶花"，民间又叫"金钗股"，更兼它的藤蔓向左缠绕，又有一个

忍冬　别名金银花、鸳鸯藤。忍冬科忍冬属。多年生半常绿藤本。性甘寒，是一味清热解毒的常用中药。

俗名，叫"左缠藤"。

一种花有这么多名字，个个名字都点出了它的特点，可见人们对它的喜爱。我曾把这所有的名字都放在一起，写过几句不押韵的打油诗：

> **金银双花鸳鸯藤，双银二宝鸳鸯花。**
>
> **飞鸟对翔忍冬木，金钗左缠连理枝。**

"连理枝"的说法是纯中国纯诗歌的，上有双飞鸟，下有连理枝。《孔雀东南飞》里刘兰芝和焦仲卿的合葬之处就是"东西植松柏，左右种梧桐。枝枝相覆盖，叶叶相交通。中有双飞鸟，自名为鸳鸯。仰头相向鸣，夜夜达五更"。

在古诗里反复咏叹的爱情篇章，同样可以印证在西方罗曼史中。当特里斯坦和伊索尔德的故事被游吟诗人带往一个又一个的城堡里，骑士和淑女的爱情传奇被一再歌颂，浪漫的种子因此播下，姑娘们会要求自己做一个淑女，男人们则向往做个骑士。

哪怕已经不再是骑士的年代，也出现了一个堂吉诃德。他为了心仪的女士不惜和风车作战，虽然他的行为因落后了几百年而变成了笑话，但这正是骑士文化催生出来的西方社会"女士优先"的优良传统的表现。这样的行为模式一直延续到上个世纪初，当"泰坦尼克"号即将沉没的时候，绅士们把求生的机会让给了妇女和儿童。

我看过一则笔记，《太平广记》卷二七"周迪妻"：夫妻二人遭遇战乱，丈夫饥饿将死，妻子主动请求丈夫将自己卖与屠夫，丈夫也就照做了，别人不信，到屠夫处验证，"首已在于肉案"。冯梦龙在《情史》中评曰："妻非忍于身之杀，而贵于遂夫之行。迪亦非忍于妻之死，而贵于成妻之义。"

同样是金银花鸳鸯藤的故事，同样是殉情的男女，西方有特里斯坦和伊索尔德，中国有焦仲卿和刘兰芝。怎么过了几百年，中国出现的是"成妻之义"的周迪，而在遥远漆黑冰冷的大西洋上，仍然有一艘不沉之舟"泰坦尼克"，以及"我心永恒"的杰克和露丝？

生物时钟　　牵牛花

《サマーウォーズ》（中译《夏日大作战》）

◎片　名　夏日大作战　サマーウォーズ
◎年　代　2009 年
◎国　家　日本

◎导　演　细田守

植物很神奇，它们基因里就带得有生物钟，什么时候开什么时候落，从不出错。比如牵牛花，早上五点左右开花，基本不会差多少。

日本动画片《夏日大作战》里，阵内夏希的家里种了很多的牵牛花，几十株，种在盆里，放在廊下。去阵内家做客的高中生小矶健二半夜从手机里收到一道四位数的数学题。晨光微露的时候，廊下的牵牛花缓缓打开花瓣，由一支烛棒一样的花苞，慢慢旋转着，变成一朵喇叭形状的花。健二对着整整一个庭院盛放的牵牛花，动用参加数学奥林匹克的脑子，将这道题做了出来，发了回去。几个小时后，网络世界发生了巨大的混乱，十六亿玩家受到影响，全是因为他在牵牛花旁算出的那道数学题。

那不是一道简单或者普通的数学题，是"OZ"网络虚拟平台防御系统的登录密码。黑客手握健二给出的密码，登录"OZ"，肆意妄为，给所有与此相关的人和事物——虚拟的以及涉及实际生活的，无不带来巨大的破坏。然后整个阵内家族参与了进去，包括九十岁的老奶奶，他们为了名誉，要效法阵内家几百年前的前贤——敢与德川家族对抗的名人祖先。他们这一次要拯救的是世界。

在动漫作品里，英雄要拯救地球和宇宙，小人物也要拯救世界，真实的不行，虚拟的也可以，不挑的，有得玩就玩一把。拯救世界嘛，不是美国肌肉男的专项，日本瘦弱高中生也可以的，走到生命尽头的九十岁的老奶奶同样也是有这个本事的。

人的生命不过是一朵花的过程，朝开暮落，朝花夕拾。樱花七日，朝颜半天，要哀叹生命之短暂，世界上无有民族可以赶超日本人。他们为牵牛花取下"朝颜"这样美丽的名字，赞美它的生命尽情释放的过程。

原种的牵牛花，早上五点左右开，晴天早上八点左右，阴天可迟至下午两点，也就谢了，园艺品种可以延迟到下午四点。不管是原种还是园艺品种，一朵牵牛都只开半天，比樱花更短，几乎可以和昙花媲美。一朵昙花从绽开萼片到盛开是四个小时，四个小时就博得了"昙花一现"的美名，而牵牛花则因为它的草根属性，没有得到这么高的赞誉。

牵牛花与昙花比之所以败北，是因为它的花多。藤蔓的性质让它一根藤上要打十多个花苞，一株苗又要分出好几根藤，搭上架子爬满墙篱。盛夏来临，一时间就见满墙都是牵牛花，数不清有多少花苞。叶片又大藤蔓又密，实在看不清哪一朵在开哪一朵又谢了。就觉得春末种下的十几粒种子，可以热闹一个夏天。这么多的花，开了又开，开了又开，岂止一现，一百现都有。

但日本人是注意到它的一朵花的短暂的，他们给它取了朝颜这美丽的名字。日本俳句大师松尾芭蕉写过一首朝颜花的诗：

牵牛　旋花科牵牛属。一年生缠绕草本。叶有或深或浅的三裂，偶有五裂。种子为常用中药，又名黑丑、白丑，入药者多为黑丑。

　　　　　　　我骑行道上，马食道旁花。

　　　　　　　　　　　　　　（《道旁朝颜花》）

　　另有一首牵牛花的诗：

　　　　　　　拙匠画牵牛，牵牛花亦美。

　　　　　　　　　　　　　　（《牵牛花》）

　　要说这两首诗有多么高妙，倒也未必，只不过有一些小小的意
境，就像一个小场景，画成一幅小漫画，便是恰好。比如说第一首
《道旁朝颜花》，知道朝颜是早上开，便知道诗人赶早起身，有点
感叹。第二首《牵牛花》，就像在看一幅画。哦，有人在画牵牛花；
啊，牵牛花确实美。如此，便足矣。

　　中国人也写牵牛花的诗，"胸有成竹"的那位文与可写过一首《牵
牛》诗：

　　　　　　圆似流泉碧剪纱，墙头藤蔓自交加。

　　　　　　天孙滴下相思泪，长向秋深结此花。

　　这首诗是我小时候读《后村千家诗》时背熟了的，只是一直不
明白，牵牛花明明是夏天开的，为什么说"长向秋深结此花"？天
孙者，织女也，织女相思，自是为了银河对岸的牵牛星。农历七月
七日，双星渡河，应该还是夏天呢。杨万里有一首《牵牛花》诗，

也说秋情：

　　晓思欢欣晚思愁，绕篱萦架太娇柔。

　　木樨未发芙蓉落，买断秋风恣意秋。

　　木樨就是桂花。诗中写桂花还没开，芙蓉已经落了，那便是八月已过九月已临，秋天来了，牵牛花趁这两般花一个未开一个已过的空当，独占秋意。

　　牵牛在中国入药历史久远，牵牛花的种子有黑有白，黑籽叫黑丑，浅色的籽叫白丑。子鼠丑牛，牛属丑，牵牛的种子便是黑白二丑。牵牛花在北宋初年传入日本，1664 年后，日本作为观赏花卉加以栽培，1883 年后开始盛行，出现了变种品系，喇叭状的花冠有了细裂、扭曲、重瓣等诸多变化。20 世纪初，培育而得大花型品种，花朵直径可达二十厘米。

　　牵牛花在中国始终都只是民间篱笆上的小野花，没有进入大雅之堂，但在日本，却是上至王侯将军，下至平民百姓都喜欢的花。他们对它的喜欢从为它取的名字"朝颜"中就可以得知一二了，有日本民族做牵牛花的知音，牵牛无憾矣。与美丽的朝颜相对的，日本还有夕颜。名字很美，其实就是葫芦花。葫芦晚上开花，葫芦的变种之一的瓠子，通常叫瓠子瓜的，在上海就被叫作"夜开花"。不叫某某瓜，而是叫夜开花，可见晚上开花是它的重要特征。

　　想起同样出自日本动画片的另一出"夏日大作战"来，故事是一休小和尚的。有一天足利义满将军给一休出了个难题：在不能搬动花盆的情况下，在太阳落山后，他要看到廊下的牵牛花开放。大将军果然是大将军，气概非凡，有我女皇武则天之风度。女皇想让

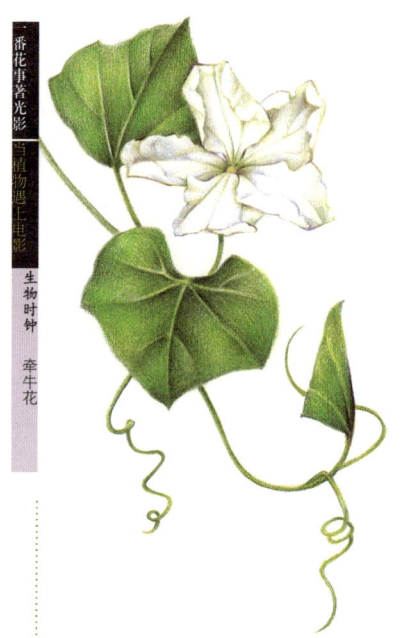

葫芦花黄昏开花，翌晨凋零，故名夕颜。

牡丹在冬天开就要开，不开就贬谪到洛阳去；大将军也是个怪脾气的，想在黄昏日落后看牵牛花开就得给他开，不开一休小和尚就不能休息。

小和尚到底是聪明的，他想了个办法，捉了几条快吐丝的蚕宝宝来，在向西的一面搭个架子，把满腹丝纶的蚕宝宝放在架子上。不多会儿蚕宝宝在架上吐完丝织了一面素锦，素锦如镜，反照西下的太阳余晖在牵牛花苞上。牵牛花苞感受到了太阳的照射，提前十二小时打开了花瓣，果然让足利将军在太阳下山后看到了朝颜花的盛开。

话说这将军也忒娇情，一休也忒老实，还真不嫌奢侈，用蚕丝做反光板！哪怕拿面铜镜也会有这个效果的嘛。没有铜镜的话，就拿将军大人的铜锣嘛，传说日本著名的点心铜锣烧——就是机器猫哆啦Ａ梦最喜欢吃的红豆夹心饼——前身就是用战国时代的名将源义经的心腹大将弁庆的一副铜锣来做的。源义经那个时代就有铜锣了，比他年代还要晚的足利义满将军府上肯定也有。

不过朝颜也未必就专指牵牛花。《诗经·有女同车》中第一句就是"有女同车，颜如舜华"，舜华是木槿，又名朝开暮落花，也有"朝颜"的别名。松尾芭蕉的那首《道旁朝颜花》，"我骑行道上，马食道旁花"，如果这花是木槿，就更说得通了。

木槿有一人多高，马扭转脖子就可以吃到木槿枝梢的花。并且木槿是灌木，耐拉扯，马咬一口就走，不至于出现咬一口牵牛花就藤蔓牵扯架子倒的状况。木槿花可食，对人畜无害，而牵牛却有微毒。

在《夏日大作战》中出现的牵牛都是裂叶牵牛，又叫大花牵牛、日本牵牛、朝颜。

日本牵牛还有一个最大的特点就是植株很矮的时候就开花了，这让日本牵牛可以种在盆里，用三根细竹在盆上搭个一尺来高的架子就可以了，就像《夏日大作战》里画的那样，全都种在盆里，一盆一盆队列似的摆满一地。而圆叶牵牛和牵牛，则要长到一米以上，如果有足够的空间，可以爬满一整面墙。

因此中国的诗人说的"圆似流泉碧剪纱"，那一定是圆叶牵牛。日本的"朝颜"指的是裂叶牵牛，叶片有掌状深裂，在《夏日大作战》中的牵牛画的都是深裂叶，日本人的细致在这些细节的地方不会出错。

世之传奇　　梅花

《一代宗师》

◎片　名　一代宗师
◎年　代　2013 年
◎国　家　中国

◎导　演　王家卫
◎主　演　章子怡
　　　　　梁朝伟
　　　　　张震

《一代宗师》的故事，蓝本来自两个人物，男主角佛山叶问，女主角奉天官二姑娘官若梅。叶问的故事这两年被打造定型，为观众熟知了，咏春拳则早在李小龙时代就被他传遍他的功夫电影能够影响到的地方。借着李小龙，叶问被尊称为一代宗师，咏春因他而起，因他而名。

而官二姑娘的原型，则是民国奇女子施剑翘。

施剑翘原名施谷兰，她的父亲施从滨，曾任山东军务帮办兼奉系第二军军长。1925 年，施从滨在直奉大战中兵败被俘。孙传芳置不杀战俘的公理于不顾，将施从滨斩首。双十年华的施剑翘立志为父报仇。

她缠过脚，不会武功，没受过西式教育，嫁过人。丈夫在婚前承诺为她报仇，但婚后沉醉于小家庭的甜美中，迟迟未能允诺。施剑翘却未忘父仇，失望之下与丈夫离了婚。1935 年 11 月 13 日，在父亲被斩十年之后，她探得孙传芳会去天津的居士林进香，便埋伏在侧，用勃朗宁手枪射杀了军阀孙传芳。

孙大帅被暗杀，施姑娘被逮捕。庭讯十个月，判刑七年监。然而正是这十个月的庭讯让她的故事被传扬开去，各界无不报以同情之心，进而上升为钦佩之情。经冯玉祥、于右任等国民党元老的周旋，度过了十一个月的牢狱之灾后，施剑翘被特赦释放。从此一代女侠，名扬天下。

施剑翘一直生活在我们中间，要到 1979 年才在苏州病逝。

我们常常惊讶于那些书上电影上的传说中的人物，以为他们离我们十分遥远，然后吹去时间的灰尘，翻检故纸堆，才蓦然惊觉，他们从未走远，就在身边。

比如惊才绝艳的张爱玲，本以为她就永远地驻足在民国年间日据时期的上海，查一查书才知道，她要在 1995 年才离开这个世界。而在 1990 年，以她为原型的台湾导演严浩摄制的电影《滚滚红尘》早就红遍了两岸三地。

当我们看着银幕上林青霞饰演的沈韶华的笑靥，听着陈淑桦的歌声，感叹楼高日尽、望断天涯路的无赖，伤心推枕惘然不见、分携如昨、到处漂泊的无常，不曾想到电影里女主角的真身就在加州韦斯特伍德市一间公寓里。

再比如她在书中屡次提及的苏青，也在 1982 年才去世，离世前一直居住在上海，任芳华越剧团的编剧。每当看到这样的记载，都会微微一怔。合上书，想一想，也许某一天，就曾经与传说中的人物擦肩而过。也许排过同一个买生煎馒头的队，也许乘过同一辆公交车。

于是每当听到一个传奇人物活至耄耋，晚年岁月与我们重叠，都不免在耳边响起陈淑桦的歌声：至今世上仍有隐约的耳语跟随我

梅　　蔷薇科杏属。落叶乔木。原产我国南方，栽培已逾三千年。品种极多，图为宫粉型。

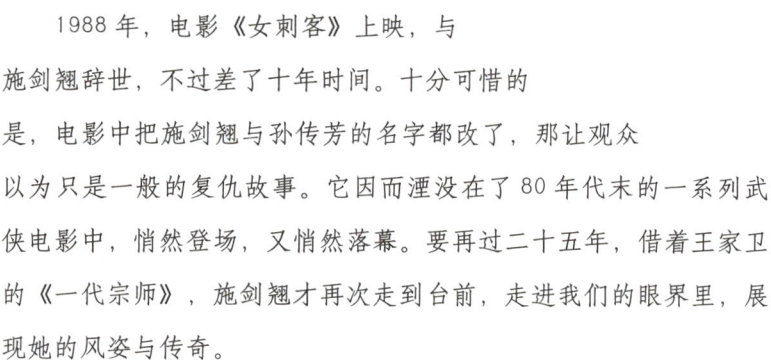

美人梅由宫粉型梅花和紫叶李杂
交而成。

俩的传说。不知远在加州韦
斯特伍德市的张爱玲看到电影
里自己的故事，会是怎样的心境？

　　1988 年，电影《女刺客》上映，与
施剑翘辞世，不过差了十年时间。十分可惜的
是，电影中把施剑翘与孙传芳的名字都改了，那让观众
以为只是一般的复仇故事。它因而湮没在了 80 年代末的一系列武
侠电影中，悄然登场，又悄然落幕。要再过二十五年，借着王家卫
的《一代宗师》，施剑翘才再次走到台前，走进我们的眼界里，展
现她的风姿与传奇。

　　这一次，她不再是一个先把希望寄托在男人身上的闺阁女子，
而是一肩担起门派血仇的真侠女。当她在东北的冰天雪地里大开大
阖顶门立户书写传奇的时候，一代宗师叶问卑微地在乡间苟活。以
致在看了这部名叫《一代宗师》的电影后，不少人说，这是《一代
师太官二传》。

　　官二姑娘，电影里讲，1952 年死于香港，最后身边的老人扶
柩归灵，捧起她的牌位，上面写的是"奉天官若梅"。奉天，即沈
阳。只有这样一个冰雪般皎洁的女子才当得起一个梅字，她真是"若
梅"，像梅花一样不屈、坚贞、孤傲、清冷。王家卫为他镜头下倾
注了心血的女子取了一个最无瑕最有担当的名字，并在官家的庭院

里种了一院的白梅花。

电影里，凡是讲述奉天情节的镜头都是冬天。雪花漫天飞舞，官二姑娘洁白的脸庞就像一朵雪里的白梅花那样精致细巧。她穿黑色衣裳，素面，青丝绾紧，鬓边一朵白花，表示为父戴孝。这一朵白花，细看，也是五瓣。她整个人就是一朵雪地里的白梅花。

当她在白色的雪花和白色的梅花里练宫家六十四手时，镜头语言的运用已经到了极致。

只是，王家卫忘了一点，奉天没有梅花。就算官二姑娘的名字里有一个梅字，就算官二姑娘像梅花一样高洁，就算官二姑娘的父亲怎么疼爱女儿，也不可能让官家的庭院里开出梅花来。这是不可能完成的任务。

虽然梅花号称不怕冷，越冷越开花，梅花欢喜漫天雪，梅雪争春。梅须逊雪三分白，雪却输梅一段香。但梅花主要的分布地区是在长江流域，西南各省包括西藏都是中国的野梅分布中心。向南延至珠江流域，最南为海口；向北达到黄淮一带，最北也不过在北京周边。若要在更北的地方欣赏到梅花，除非盆栽，冬季移入室内。

中国赏梅、艺梅的中心，以南京梅花山、无锡梅园、苏州光福、上海淀山湖、杭州灵峰、武汉磨山、安徽黄山、广东罗浮山、南雄小梅关、台湾雾社等地出名，北方没有赏梅胜地是有地理和气候原因的。

看梅花的分布地区，就知道梅花是喜欢温暖地带的，一般梅花不能抵抗 $-15\sim-20℃$ 以下的低温。梅花能够傲雪盛开，"已是悬崖百丈冰，犹有花枝俏"，但那是长江流域的冰和雪，气温 $0\sim2℃$ 低温时，冲寒冒雪开放，人们方可以踏千层雪，吟梅花诗。北京的梅花，非要到三月底四月初不能开，这个时候，已经过了九九，早就是艳阳春天了。

看电影中这一院梅花，朵朵雪白，不是江梅，便是白梅。梅有红白，红乃官粉、朱砂，白乃江梅、白梅。官二姓官，姓得有理。

基本上梅花开，是春天已经到来的信号，古诗说"梅花已动春消息"，古人诚不我欺。梅花可以扛得住一定的低温，在二月底三月初的江南，若有一阵寒潮过来，看那梅花的花苞，像是被按了暂停键，含而不放，端立枝头，不落不萎。寒潮过后，两天春阳、一阵暖风，梅花又像是从冷冻室里解了冻，转眼就绽放花蕾了。盛开后如果下雪，也不会立时三刻就冻坏，而是放慢节奏，静等雪化，再继续开放。梅雪争春，梅花傲雪，也是要等到立春之后才能见到的，三九严寒里，不会有梅花开放。

有的花不耐冷，比如山茶，一遇冻，花苞就冻坏了，即使天气回暖了开出花来，花瓣也是萎的，颜色也是锈的。又比如油菜，也怕冻，如遇雪压，叶子里的水分结成冰，回暖之后冰化为水，叶子就烂了。而梅花却不会出现冷坏花苞雪烂花瓣的现象，哪怕花瓣上积上三天的雪，依然精精神神。

梅花不怕冷，可以耐零下五度左右的低温；梅树却怕冻，北京以北，冬天零下十几度，梅树是很难存活的。梅树不怕冻，要到1920年之后，由法国园艺师把官粉梅和樱李杂交后，得到樱李里的耐寒基因，梅花才可以在极冷的地方露天越冬，但开花还是要等到四月以后。这一栽培系，就叫"樱李梅系"，这一系开始只有两个品种：美人梅、小美人。近年又多一个黑美人。所谓的樱李，是园艺上的名称，一般就叫"紫叶李"，或"红叶李"，这个紫叶李，在中国各地城市的绿化带上都可以看到。

北方冬天的原野上是不会有梅花开放的，王家卫作为一个上海出生香港长大的香港人，如果没在北方生活过一个以上的冬天，是没法体验那一片寒素的。在过去，南方植物很少引进北方暖棚的时候，东北农村有把萝卜头切下来放在水里，放在窗台上，养出青绿的萝卜叶的做法。这一点绿色很难得，茫茫雪原中，有这么几片绿叶，就像是看到了春天在招手。东北的冬天是那样漫长，一年十二个月里有五个月都见不到青绿，窗台上的萝卜叶足以与火炕一样温暖。

官二姑娘的窗台上如果放一盆萝卜叶，比在庭院里安插上几树江梅更真实。只是镜头里的官二，就没有寒梅傲雪那样的精神，以及大雪里梅花怒放具有的象征性了。

初恋情怀　　四照花

《ハナミズキ》（中译《花水木》）

◎片　名　花水木　ハナミズキ
◎年　代　2010 年
◎国　家　日本

◎导　演　土井裕泰
◎主　演　新垣结衣
　　　　　生田斗真

花水木是日本名字，中文名是四照花。电影中的这棵种在北海道道东县山丘上的四照花树是美洲四照花的栽培品种，美洲四照花又叫大花四照花，英文名是——Dogwood。

日本人取名字是很有一套的，可以把寻常名字取得诗意淋漓，小资气息十足。不光是为某一种植物取名字，就是司空见惯的事物，经他们的手一摆弄，马上就变得清雅细致起来。像这个四照花，经他们一取名，就成了浪漫唯美的花水木，再一拍进电影里，和故乡和初恋结合，好像再叫原英文名字"狗木"都亵渎了这么美的花，非得跟着他们叫花水木不可了。

其实电影中这个"狗木"是美洲四照花，日本本土的"花水木"是日本四照花，差得还是比较远的。

四照花为山茱萸科四照花属，原为山茱萸属。从19世纪以来，就有植物学家建议把东亚四照花从原来的山茱萸属里脱离出来，单独为一个四照花属，这一点是得到共识的，但是否和美洲四照花合并成一个属，就有不同的意见了。中国的植物学家方文培教授仔细对比了东亚四照花和美洲四照花，认为两者有很大的区别，并且从它们的分布区看，美洲四照花的分布区限于北美，而东亚四照花则严格限于东亚，这些都说明两者应该分开各自独立成属。

四照花属共有十种，中国均有分布。日本四照花原产日本和朝鲜，中国也有分布。

四照花这个名字源于花朵的形状，它有四片白色苞片，苞片很明显，常被误认为是花瓣。四片白色花瓣像光彩四照，因此叫四照花。其实这不是花，花是白色苞片里黄绿色像花蕊的部分。这"花蕊"部分为一百余朵绿色花聚集而成，头状花序呈球形，直径1.2厘米。

用数字说明问题是很好玩的一件事，一百余朵绿色花聚集而成的一个花球，才只有1.2厘米，那白色的苞片倒有五六厘米宽，不把它们看成花瓣都不可能。

"四照"这字眼很古老，古老得让人吃惊。在古地理书《山海经》中就出现了，《山海经·南山经》卷一篇头就是："南山经之首曰鹊山。其首曰招摇之山，临于西海之上，多桂，多金玉。有草焉，其状如韭而青华，其名曰祝余，食之不饥。有木焉，其状如榖而黑理，其华四照，其名曰迷谷，佩之不迷。"

这是说招摇山之上有一种树，长得像构树（榖，即构树），木质要黑一些，这树开花，花瓣四照，名字叫"迷谷"，戴上这"迷谷花"，（说不定就）不迷路了。当然未必《山海经》里说的"迷谷花"就是现在说的四照花，但至少"其华四照"，"四照"在这里就正式出现了。依我看来，这里说的"四照"之花，也许就是如今的四照花。这花太有特点，花开时一树雪白，在深山老林里，如果有一树四照花在那里，老远就可以看到了，真的是光彩四照，犹如指路明灯。引申开去，说佩戴这个花就不迷路，也有点道理。

美洲四照花 · 山茱萸科梾木属。落叶小乔木。北美洲本土植物。四片苞片阔大鲜艳，常被误认作花瓣。

原产朝鲜和日本的日本四照花现已分入山茱萸科四照花属。

　　四照花的苞片是白色的，但美洲四照花的某些栽培品种有粉色和红色，就像电影里这棵，花大而多，一树粉红，那让人一眼就能认出这是美洲的"狗木"。美洲四照花经过一百多年的栽培，是美国庭园种植的主要花木，差不多成为美国的象征。一百年前，1912年的时候，东京市曾经向华盛顿市赠送了约三千株的樱花树苗，华盛顿因而成为美国主要的赏樱城市，一百年后的2012年，美国向日本回赠了三千株美洲四照花，这充分说明了"狗木"在美国的象征地位，就如同樱花象征日本一样。

　　但是一部讲述少年人初恋的纯爱电影叫《狗木》不可笑吗？当然得叫《花水木》才行。初恋是什么呢，就是第一次为某个人心动。这种情怀有时只是一霎，有时却可以持续一个人的一辈子。爱情是最说不清的一种情感，明明那个人和自己没一点关系，但就是会为了那个人心动加速心跳剧烈，对着别的人却不会有这样的生理反应。

　　也正因为此，爱情是没法隐藏的，骗得过别人骗不过自己，骗得过自己骗不过别人。有的人不擅控制，一旦对某个人心动，在朋友眼里看来，一切就像写在脸上那样明显，比如《傲慢与偏见》里的彬格来先生，谁都看得出他对班纳特家的大小姐动了心。有的人擅表演，为了掩饰对某个人动心，却对另一个人表现出好感，比如达西先生，明明暗恋上了班家二小姐，却硬要对彬格来小姐献殷勤。

但所有罗曼史小说和电影都有一个原则，有情人一定要成眷属，经历一番周折，彬格来先生娶了班家大小姐，达西先生娶了班家二小姐，皆大欢喜，可惜了彬格来小姐这个女配，白浪费了那么多的感情和心机，也可惜了威克汉姆这个男配，当了一回男女主角爱情路上的丑角。因此在爱情小说里，一定要当主角，作者一定会偏爱主角，把最美的容颜最好的家世最优秀的品质最多的形容词都放在主角身上，配角那就是用来做备胎、用来充当炮灰的。

这部电影里的男女主角也是一样，彼此是对方的初恋，但因为各种的原因，一个娶了追求他的邻家姑娘，一个准备嫁给学长，故事到这里似乎应该结束了。但纯爱电影和浪漫小说一样，一定要有个大团圆的结局，这个大团圆还一定不能是从今以后，一别两宽，男婚女嫁，各不相干。一定要破镜重圆才是大团圆，于是成的成备胎，变的变炮灰，女配认清男主不爱自己的事实，主动离开；男配就去做了战地摄影师，真正变成了炮灰，完美诠释了女配推动情节、男配等于炮灰的小言定势。

这样的纯爱电影对我来说，实在是情节太过简单老套了，支撑我看下去的是北海道道东地区的风景。靠海，有海洋的气势，有渔民打鱼的场景；有山，有原野，有电气火车驶过铁道、铁道被碧绿的厚厚的野草覆盖只露出两根铁轨的镜头。这种镜头原以为只能在宫崎骏的动画电影里才有，但在这部电影里，在北海道道东的这个小山村里，电气火车和铁轨就那么天衣无缝地铺进了绿草丰盛的田野里，驶向画面的远方，驶进画中去，像画一样美丽。

还有那一株长在山坡上开着红花的美洲四照花，随着季节的更替，变换着色彩。男女主角相识时是花开季节，一树粉花；到秋天，树叶转色，一树金红，冬天到了，树叶落光，只剩下雪地里的一树枯枝；春天来临，新叶长出，粉花重又开在枝头，像蝴蝶纷飞；落花时节，黄昏光线里，"花瓣"一片片飘下，飘过女孩的身前，配上初恋情怀，就是一幅海报画面。如果真有一个少女在这样一树花下，那么就为了爱上这个场景中的自己，也会想要去谈一场刻骨铭心的恋爱。

良辰美景转瞬成空，青春年华稍纵即逝，和青春谈一场恋爱，才不辜负世间所有的美好。

谷中百合　百合

《The Age of Innocence》（中译《纯真年代》）

◎片　名　纯真年代 The Age of Innocence
◎年　代　1993 年
◎国　家　美国

◎导　演　马丁·斯科塞斯 Martin Scorsese
◎主　演　丹尼尔·戴－刘易斯 Daniel Day-Lewis
　　　　　米歇尔·菲佛 Michelle Pfeiffer
　　　　　薇诺娜·瑞德 Winona Ryder

上文《情色之戒》中提到了张爱玲女士著名的红白玫瑰理论，由此想起另一部以玫瑰影射人物形象的电影来，黑帮片大师马丁·斯可塞斯导演的《纯真年代》。

在张爱玲女士出生那一年（1920年），纽约的伊迪丝·华顿女士创作出版了《纯真年代》，并获得了普利策文学奖。小说在1993年被搬上银幕，有评论说，这就是一个红玫瑰与白玫瑰的故事。红玫瑰是热烈的情人，白玫瑰就是圣洁的妻。在这部电影里，艾伦就是鲜艳带刺诱惑魅人的红玫瑰，梅就是那纯洁无瑕天真善良的白玫瑰。

什么样的人，配什么样的花，很多时候花的形象被赋予了人的性格。中国人尤其擅长把物拟人化，又把人拟物。《倚天屠龙记》里两个女孩赵敏和周芷若，在张无忌看来，就是"赵女艳若玫瑰，周女秀如芝兰"。在纽兰的心里，艾伦艳若玫瑰，梅女秀如百合。

在纽兰搜遍全城的花店找寻黄玫瑰的时候，他吩咐相熟的花店每天送一束百合去梅的家里，没有花费更多的心思，没有投入更多的时间和精力。在这个时候，艾伦和梅在他心里的地位已经有了高下之别、轻重之分。

梅的形象是很适合百合的，作为未婚的年轻女性，她每次出场都是身穿白裙，与艾伦的颜色女郎有全然的不同。艾伦的几次出场，舞会上的酒红镶黑色蕾丝裙子，歌剧院的宝蓝裙子，马车上的墨绿色丝绒裙子配棕色皮草领子和暖手筒，乡村小屋的大红斗篷配铁灰色呢子百褶裙和灰鼠皮草领子和暖手筒，艾伦住宅两人倾诉心曲的浅绿绣花镶蕾丝边裙子，每一套都极尽奢华，充分说明她是来自巴黎这个时尚之都。而梅则不同，她是纽约人。

我记得书里有过这样一段描写，伦敦巴黎的时装运到纽约，纽约人通常把它们放一季再穿，这样就正好，不那么时髦，有所收敛。

他的目光落在一簇黄玫瑰上，他从未见过如此阳光般金黄的花。
（摘自伊迪丝·华顿《纯真年代》）

"在我年轻的时候，"杰克逊小姐应声说，"穿最新的时装被认为很粗俗。阿米·西勒顿一直对我说，波士顿的规矩是把自己的巴黎服装先搁置两年再穿……"

"咳，波士顿比纽约保守。不过我总觉得，女士们将巴黎服装搁置一季再穿，这规矩就很稳妥。"阿切尔太太退让地说。

纽约的上层社会普遍是这样的认识，因此梅穿得朴素是很具有大家闺秀风范的。艾伦的装束就太超前了，因此会给人以轻浮不稳重的印象。

梅在订婚舞会上，一身白裙，手里握的是一小束铃兰。白色的铃兰花很配她的形象和性情，她整个人就像配她的这些花，纯净、洁白。是空谷幽兰般的铃兰，是含蓄优雅的百合，那样幽贞贤淑，温婉可人。以致很多观众在看完这部电影后，一边倒地大骂负心汉纽兰，同情梅的隐忍和委屈。

是的，梅的眼睛从未像艾伦这样闪亮灵动过，但她有良好的教养和得体的举止。面对未婚夫纽兰为了逃避感情的折磨追到佛罗里达去向她要求提早婚期时的以退为进，和面对已经身为丈夫的纽兰开不了口的离婚要求时的先发制人，不同的情况，她采取了不同的应对方法。为了家庭为了名誉，她是用了心机，但这种心机却是被迫的，这让人心生怜惜。正是这种大家闺秀的气质赢得无数观众的心。这是铃兰才有的幽怨，百合独具的慧心。

百合，百合科百合属，中国观众最熟悉的是香水百合。花店花市买一束，不过十几二十元。老大一捧，雪白的花，芬芳的香味，插在 Lalique 水晶花瓶里，可以香上十天半个月。因为百合会掉花粉，报纸杂志会在填版面用的角落里支招，教市民们在插花的时候，先把花蕊的柱头摘去，这样花不仅可以开得更久，还不会再出现掉下来的黑色花药弄脏雪白花瓣的烦恼了。

在中国古代，百合主要以鳞茎的形式出现。"百年好合"是中国人在祝贺新婚夫妻时常说的一句祝词，取的是"百合"的衍生意思，指的还是百合的鳞茎，一片一片合抱在一起，难拆难分。

这样的物与意的结合在中国古代尤其是明清以来，广受欢迎。像"福在眼前"，就是一只蝙蝠一枚铜钱，也不管这燕巴虎的形象

百合 · 百合科百合属。多年生草本。分布于北温带，中国是
最主要的原产地。鳞茎含淀粉，可供食用，有的种类可作药用。

多么丑陋还是个瞎子，也不管铜钱多么俗气有多少细菌，只要两样合在一起，各取一个字可以代表一个吉祥如意的说法就满足了。那一碗在古装电视剧里出镜率很高的"百合莲子汤"，就是百合的最佳广告片。花易凋，茎常在，百合的鳞茎又可以炖甜汤，又可以炒素菜，还可以凉拌了吃，清热败火，是夏季消暑的恩物。

中国除了兰州是百合一大产区，江苏的宜兴也是传统的百合产地。江南夏天习惯吃百合汤，和这里大量出产百合有关系。入馔的不光有白色的百合鳞茎，还有黑色的百合子，就是百合花谢后结的蒴果里剥出来的种子，清热效果比百合鳞茎还要好。我老家溧阳，旧俗有产妇月子里必吃百合糯米粥的传统，说是补气养血。产妇通常会热重上火导致便秘，月子里吃百合，就很少出现这样的状况了。

百合类植物广泛分布在北半球，中国有，中亚有，欧洲也有，当然北美大陆也有。《圣经》里有两句著名的句子被谱成赞美诗随着颂歌传唱开去："主啊，你是园中的凤仙花，你是谷中的百合花，你是沙伦的玫瑰花，使我不能舍下……"这几句歌词反复咏唱，让人仿佛看见一种异象，好像祈祷者独自在山谷里在旷野里，与基督相遇，主的光辉普照世人，山谷中的百合花是圣洁的象征。

对纽兰来说，梅就是谷中的百合，圣洁端庄，是他合格的妻子。当然梅也曾激烈过，但她的激烈也像她的为人，委婉回旋，留有余地。当纽兰追到佛罗里达，向在那里避寒的梅逼婚，梅明确说出了她的怀疑，并让纽兰解释，而纽兰却文过饰非，不提他和艾伦的暗通心曲，生生把两个人带进了婚姻的坟墓。

这时梅是在一个花园里，周围百花盛开，美得如同仙境。粉红色的八仙花一球一球地开，蓝色和白色的鸢尾花高高低低错落有致，藤本大月季搭成篱笆开着芬芳的白花，树上还有雪白的木绣球，累累重重在微风中轻颤。与纽兰离开的那个冰雪覆盖遗世独立的乡村小屋如同两个世界，这是明丽欢快的伊甸园，她就是这个仙境花园里的小仙子。

这个与自己的内心作斗争最终妥协的故事让人不忿。读者和观众在看完小说和电影后忍不住要问，纽兰是你见异思迁，你有什么好不甘的？可怜的是梅，是她的隐忍让她早早病逝，甚至有人把怒气转向艾伦。

到底是什么让一个前一天还深爱未婚妻的男人转眼就爱上了未婚妻的表姐？为什么为什么为什么呢？这个问题是如此折磨人，以致亦舒女士都受此启发写了一个故事《寂寞鸽子》。

《寂寞鸽子》就是《纯真年代》的简写版，连几个重要的细节都一模一样，比如那一把丢在花房里的阳伞，纽兰直觉猜是艾伦的，他拿起绸伞打量着雕花伞柄。《寂寞鸽子》里，就改成了一双黑纱手套，开明把手轻轻放在手套上，他像是看到秀月抬起头来，朝他微笑。

几十年过去了，艾伦在纽兰的记忆中，那真是遥遥如同明月光，猩红更似心头血。想起过去的这段往事，只怕梅的去世，也未必有这样的哀伤。电影最后，儿子邀请他一起去巴黎。在艾伦住的楼房下，纽兰略有些迟疑，儿子却一副百晓生的神情说，你怎么能够拒绝去见一个你差点为她牺牲了一切的女人？

纽兰惊诧莫名，他从不知道他的秘密根本不是秘密，儿子泰德一早知道得清清楚楚。他最终还是没有去敲开艾伦的门，他放弃了这几十年的思念，放任它们随着时光而逝，并且最终释怀，不再怅惜不再委屈。他的心结终于松绑，毕竟有人猜到而且怜悯过他，而这个人恰是他的妻子，这更叫他感动莫名。他转身离开了艾伦的楼下，把三个人的过去留在身后。

这真的不是一个红白玫瑰之间的战争，这是纯真年代里的一个老故事。故事里的人没有忠奸之分，有的只是尽自己的努力把自己的角色扮演得最好，为了彼此的体面，退步求全。是梅那一颗铃兰般的灵心和百合般的品格让这个故事不那么图穷匕见，大方得体；是艾伦黄玫瑰一样的容貌和红玫瑰一样的性格让这个故事有发生的可能和继续的推力；而纽兰，则是她们的品鉴者。

写这篇文章的时候，纽兰的扮演者丹尼尔·戴－刘易斯刚刚成为了奥斯卡历史上第一个男主角奖的三冠王。当他年轻英俊潇洒风流如纽兰的时候，哪里会想到他二十年后，会演瘦到丑得惊人的林肯总统。

宛自天开　　扶桑花

《フラガール》（中译《扶桑花女孩》）

◎片　名　扶桑花女孩　フラガール
◎年　代　2006 年
◎国　家　日本

◎导　演　李相日
◎主　演　松雪泰子
　　　　　苍井优
　　　　　丰川约司

中国古代，习惯上把日本称为扶桑之国。语出"日出扶桑，西归若木"，太阳从东边的扶桑树上升起，挂在西方的若木树上休息。日出之国向来默认是日本，《南齐书·东南夷传赞》云："东夷海外，碣石、扶桑。"

在此之前，最早出现"扶桑"这个名词的，是惯爱罗列植物名称的屈原，他老先生在《离骚》中除了表明家世和志向，还爱直播每天都干了些什么，搁现在就是个微博控。蹚过大河来一发，穿衣打扮来一发，饮马挂鞭当然也要来一发："饮余马于咸池兮，总余辔乎扶桑。"——早上在咸池边饮我的马，把缰绳随手搭在扶桑树的枝丫上。《山海经》说"汤谷上有扶桑，十日所浴，在黑齿北"，那屈老夫子真不怕热啊，有十个太阳住在那棵扶桑树上呢。

现在有学者考证，古书上说的扶桑并不是指的日本，日本有明确的称呼，叫"倭国"。《梁书》上说："文身国，在倭国东北七千余里……大汉国，在文身国东五千里……扶桑国，在大汉东二万里，地在中国之东，其土多扶桑木，故以为名。"既然前面提到了倭国，那么比倭国还要远的扶桑国就不可能是倭国，除非倭国不是指的日本。这一派的考证说，扶桑国有可能是墨西哥！

但扶桑并不原产日本，它是热带和亚热带的标志性植物，即使在日本，扶桑也代表热带海岛，比如夏威夷。

2006年的电影《扶桑花女孩》讲述了这么一个故事，1965年，位于日本福岛的小镇磐城已经成为了一个资源枯竭性城市，采了一百多年煤的矿山面临不转型就死亡的选择难题。好在这个小镇还有温泉资源，决策者制订了下一步发展计划，利用温泉资源，把昔日的矿山小镇改造一番，取名"夏威夷温泉度假村"。为了招揽游客，他们打算组建一个歌舞团，"扶桑花女孩"就此诞生。

过程自然是艰难的，有阻力有误解，有人加入有人退出，但最终结果是成功的。片尾说，这个"扶桑花女孩"歌舞团，人数最多时达到三百多人，而在影片的开始，不过四个。教会这些本是矿工女儿的姑娘们跳夏威夷草裙舞的平山圆香老师，在电影上映时已经七十岁了，还在教女孩们跳舞。

以夏威夷为号召，以草裙舞为卖点，以扶桑花为标志，以女孩们为吸引，这是一个非常成功的营销案例。这个案例的成功之处在于可复制，中国90年代以后，各地的民族村度假村复制的都是这个模式。但我们没有推出过叫得响的歌舞团体如"宝塚"如"扶桑花女孩"，我们也没有这样一种植物情怀，用一种花来定位一个国家："樱花之国"、"扶桑之国"。

日本本土不产扶桑，在他们眼里，扶桑花代表的是夏威夷，是热带风情，是草裙舞。奇怪的是中国虽然称日本是"扶桑国"，好像认定扶桑生在倭国，但扶桑在中国真不算稀奇，南方多得不得了，人称大红花而不名。所在多之，树篱木墙，花开不断。去广东广西福建等地旅游，就会看见马路上的绿化隔离带都种扶桑，织锦堆绣，衬着碧青的绿叶，重红浓绿金黄，艳丽夺目。

从《离骚》、《山海经》的时代就出现了扶桑，这根本可以算是本土花卉了。《本草纲目》里说："扶桑乃木槿别种，花有红、白、黄三种。红者尤贵，呼为朱槿。其花深红色，五出，大如蜀葵，有蕊一条，长于花叶，上缀金屑，日光所灿，疑如焰生。又曰东海日出处有扶桑树，此花光艳照日，其叶似桑，因以比之，后人讹为佛桑。"

李时珍医生观察得很仔细，扶桑花的雄蕊长出花朵，柱头上花粉金光闪闪，在阳光下灿烂如火焰。"桑"则是因为叶子如桑叶，《酉阳杂俎》里称它为桑槿。

扶桑为灌木或小乔木，在气温和土壤都适宜的情况下，可以长到六米，也算高大了，但无论如何，挂一个乃至十个太阳的想象力，仍然让人惊叹。

扶桑真正的原产地已经说不清在哪里了，有说是东非，有说是南太平洋海岛，有说是中国南方，但确实是太平洋诸岛为多，全世界约有三千种以上，夏威夷最多，被定为州花。电影中这个煤矿小镇把"扶桑花"+"女孩"作为一个噱头推出去，定位是非常准确的，它满足寒温带地区人们对热带天堂的所有幻想：大红花和阳光、笑容美丽的姑娘、暴露的花裙子、热情奔放的土风舞、激越的鼓点，以及度假象征的一切：脱离常规刻板的生活琐事、不用工作不用做家务、享受每一分每一刻。这所有的一切都在穿行不长的路程即可到达的地方，拿出一天两天来过一下天堂般的日子，怎么能不让人心动？光是想想，就已经应了那句话：身未动，心已远。

扶桑。 锦葵科木槿属。常绿大灌木或小乔木。又名朱槿、大
红花。典型热带植物,为夏威夷州花、马来西亚国花。花大色
艳,四季常开,与木槿一样,朝开暮落。

其实福岛县磐城煤矿把旧矿坑改造为度假村的做法，也不是他们一拍脑袋就想出来的好点子，用废弃的矿坑改建花园，这是英美的传统。我记得阿嘉莎的一本小说就写过一个用旧矿坑改花园做背景的故事。还有著名的珍妮·布查特夫人，将她丈夫的一座废弃的为水泥厂提供原料的石灰石矿坑布置成为一座花园。她说她这样做为她丈夫赎罪，她丈夫把这里挖得坑坑洼洼，她要用自身之力改造这样丑陋的地貌，把它改建成一个花园。她花了十几年的时间一砖一石地布置，一花一木地种植，因为她的爱心与付出，布查特花园被评为"加拿大国家历史遗址"，是每个去加拿大不列颠哥伦比亚省维多利亚市旅游者必去的朝圣地——The Butchart Gardens。

但改造矿坑为花园不是起自于英美，而是中国。绍兴城外有一座名园东湖，便是从一座采矿场而来。此山原名箬簧山，从汉朝开始，箬簧山成了绍兴的一处石料场。经过近两千年不停开采，不知多少代人的凿穿斧削，硬生生搬走了半座青石山，地面只残留了五十多米高的连根巨石，形成人工峭壁，向下又挖陷四十多米。再挖下去，恐有倒塌之祸，遂弃。天长日久，落雨成沼，洼地成泽，慢慢在此悬崖下形成了一个长过二百米、宽约八十米的水塘。塘深则水清，石青而崖黛，渐成图画。清末，绍兴一位乡贤名唤陶浚宣，其人胸中自有丘壑，更兼眼光独到，巧妙利用，善加点缀，增桥为径，培土为屿，旁依危石如壁立，版筑白墙覆青瓦，植岸柳，种园花，又借运河古纤道，摇来乌篷脚划舟，遂成山水大盆景。故造园名家陈从周大师题词曰：宛自天开。

人的智慧是无穷的，改废为宝，整旧为新，旧矿山废石场都能化腐朽为神奇，成为美丽的花园。东湖是每回我去绍兴必去的地方，有人要去绍兴旅游，必极力推荐。

　　东湖是先期的无意识加后期的有意识形成的一处景点，上海辰山植物园则是另一种改造模式。辰山在上海郊区松江，高不过七十余米，同样是一处采石场，采空半座山后，同样在山前形成一个水塘。园方在这个水塘的基础上，围出一片地，修建了上海的第二个植物园，面积大过原来的上海植物园。而那个辰山脚下的深水塘，蓄满了水，建了浮桥，再把水从潭里抽到辰山顶上，倾泻下来，做成瀑布，命名为"矿坑花园"。矿坑花园，成为辰山植物园里最亮的一处景点。

森女物语　　勿忘我

《西の魔女が死んだ》（中译《勿忘我》）

◎片　名　勿忘我　西の魔女が死んだ
◎年　代　2008 年
◎国　家　日本

◎导　演　长崎俊一
◎主　演　Sachi Parker
　　　　　高桥真悠
　　　　　大森南朋

近两年有一个新词"森女"在不知不觉中进入视野。这个是日本名词，原义是"就像从森林里走出的女孩"，她们的标志性打扮是穿棉麻等天然材质的衣服，印有碎花的大地色系及踝长裙挤满了她们的衣橱。她们手工编织麻花粗针毛衣，秋天时捡拾森林里的栗子壳回家手染围巾。对生活的态度是返璞归真、追求自然，衣着宽松、随意，在散淡和粗犷中追求精致细节。

"森女系"很好甄别，辨识度极高，像格子桌布，玻璃瓶插小野花，平底帆布鞋，钩编大披风，小碎花和波点（日本叫水玉）拼接的棉麻织物和用这种布来装饰的草帽，枯树枝搭的鸟窝，树干和麻绳绑成的相框，羽毛和石头加贝壳串成的长毛衣链，草编大包用碎花布做衬里，随身携带"微单"拍云、花朵、天空、电线杆和棉布长裙和匡威鞋说是记录生活……

上面的这些元素如果在同一个二十岁左右的女孩身上找到三到五处，那么她差不多就是一个"森女"。

森女是一种生活态度，是旗帜鲜明的告示，把对自然的感知通过自身的行为标榜出来，不浪费不奢侈，约束，规划，自律，目标明确。

这部中译为《勿忘我》的电影，就是一部标准的"森女系"电影，在大多数时候，"勿忘我"象征的是刻骨铭心的爱情，因此它的日文原名意为《西魔女之死》。

电影讲一个十二岁的少女麻衣在新学校受女同学们的排挤，因而产生了厌学心理，她的妈妈没办法，就送她到山梨县八岳山的清里她的母亲那里去住一个夏天。

麻衣的外婆是一个来自英国的老妇人，据说是来自一个古老的"巫师"家族。外婆的屋子是一幢有着英国乡村小屋的外观，和日本榻榻米内装修的老木屋。落地的玻璃窗搭建出阳光屋，木条搭出搁板，上面放了小盆花、剪枝钳、喷壶等杂物。地上有一丛开蓝紫色小花的草花，比常见的勿忘我小一圈，麻衣管它叫"姬勿忘我"。厨房后面是一个小小的院子，种着葱、山椒、荷兰芹、鼠尾草、薄荷和茴香，当中有一棵月桂树。

麻衣看着院子里的植物，被那一种安详静谧震慑，阳光温暖地照在花草上，那种安静传染到她的身上。她开始喜爱这个地方。

跟外婆在一起的日子是如此地安逸。她想成为外婆这样的女巫，让周围的一切都带上魔法。外婆答应了，说那我们就开始修炼之路吧。

外婆说的修炼方法一点不奇特。后院的鼠尾草和薄荷长得太过茂盛了，外婆剪下来，放在碗里泡茶。白屈菜像草，毒性很强，外婆放在锅里加大量的水煮，冷却后让麻衣浇在菜地上驱虫。麻衣没想到香草可以驱走菜青虫和芽虫。

白面山雀、褐头山雀和银喉长尾山雀等山雀科的鸟成群飞到小女孩眼前年轻的榛树上，啼叫了一会儿后又成群飞往别处，四周再度静了下来。

外婆把床单泡在大盆里，要麻衣跳进去用脚踩，洗干净的雪白床单祖孙两人一人一头用力拧干，铺在薰衣草丛上，麻衣问草上不脏吗，外婆说：我已经在薰衣草上洒过水了。灵魂通过这个身体可以获得很多快乐，难道将洗得洁白的被单放在薰衣草上晒干不让你快乐吗？

向阳的山坡上有一片外婆开垦出的野草莓田，鲜红的野草莓在绿色的草莓叶丛里闪亮发光。外婆带了麻衣采摘成熟的野草莓，刚摘下的野草莓有清甜的香气。三大桶草莓清洗干净，外婆在屋外搭出炉灶，点燃树枝和落叶，熬草莓果酱。麻衣在一旁帮忙，一锅野草莓，倒两袋糖，搅拌，熬黏稠，外婆洗净大大小小的玻璃瓶晒干，把熬好的草莓果酱装进瓶子。外婆烤了脆脆的面包片，抹上刚熬好的草莓果酱，麻衣吃得很开心。

外婆的院子里还有一个鸡舍，养了两只鸡，麻衣每天早上去捡鸡蛋，回来外婆煎荷包蛋做早餐，配刚烤好的面包。有一天鸡被黄鼠狼或是野狗咬死了，外婆请来邻居拆了鸡舍。麻衣怀疑是邻居的狗咬死了鸡，外婆阻止她深究，已经发生的事情不可能逆转，就让它过去了吧。

她还在矿洞中发现了银龙草，它不需要阳光，没有叶子，茎上布满银白色的鳞片，开着像是银雕工艺品般的小花。像蘑菇一样长满整个矿洞地面，那景象看来不可思议。

这是一部散淡到几乎没有情节的电影，日子在阳光和花草香气中慢慢度过，麻衣在外婆的教导下学习成为一个魔女，学着自律和约束自己。但安静的力量是如此地巨大，足以让人看完电影并含泪微笑。我们小时候都希望有这样一个外婆，无条件地爱我们，给予无限的包容和空间，抚慰伤心和敏感，聆听心事，温言劝导，让我们的心灵得到安慰和释放。没有那些做不完的功课、上不完的补习班、练不完的琴谱、学不完的奥数，只需要跟着她做点小手工、采点小果子、杀点小虫子、养两只鸡每天捡蛋、自己烤面包熬果酱。一句话——学习生活并体验其中的乐趣。

这所有的乐趣只有从外婆那里得到，父母是一定不会这么纵容子女的，他们非狠起心肠逼着孩子考第一名进名牌大学不可。只有外婆，会用一颗柔软的心和布满皱纹的笑容来和孩子交谈。外婆的家，在年少叛逆的时候，可以做逃家的避风港。

外婆是一个彻底的"森女"，她住在森林里，手工缝补衣裳，种少量的蔬菜和瓜果，自给自足，并有一点富余可以赠送给别人。她种生菜和金盏菊用来拌色拉，她剪鼠尾草和薄荷用来泡茶，她种植并采摘野草莓用来熬果酱。

在她的熏陶下，小女孩学会静心观察周围，她发现有植物默默地从土里冒出芽、结花苞，或是看到新嫩的绿叶因为晨露显得闪闪发光。院子里每天都在变化，她的心跟随植物的生长而欣喜。在她的影响下，小女孩会成长为一名标准的"森女"，她会懂得同龄人不懂的知识，那会让她自豪并骄傲。

这是我们渴望拥有的一种品质，在我们小时候，曾经幻想能在外婆那里看到；成长以后，会把这种渴望变成目标，约束自我，舒展身体，大方得体，从容淡定；并希望会在年老的时候，成为外婆这样和蔼可亲、通情达理、为孙辈们喜爱的老太太。"森"在开始

勿忘我　　又名勿忘草。紫草科勿忘草属。多年生草本。多生于山地林缘、山坡、林下以及山谷草地。

只是一种生活态度，升华之后，变成一种处世哲学。从自然中来，到自然中去，成为自然的一部分。

两年后麻衣再回来时，却已经是接到外婆的噩耗了。

她看到那丛她原来叫作"姬勿忘我"的开着紫色小花的草，美丽地盛开着。

麻衣问邻居："这是附地菜吗？"得到的答案是肯定的。她从西方魔女那里学到了知识，快要长成一个东方魔女了。

阳光房的玻璃上出现一行字，这是呵气之后才能写出、呵气之后才能浮现的字，麻衣看着那行字泪盈于睫。外婆写的是："西方魔女致东方魔女：外婆的灵魂，成功逃出。"

麻衣这次把爱字说出了口："我爱你。"她听到空中传来外婆的回答："I know。"

勿忘我，又名勿忘草，紫草科勿忘草属，高 20~45 厘米，花冠蓝色，直径 6~8 毫米。

附地菜，紫草科附地菜属，株高 5~30 厘米，花 1.5~2.5 毫米，花细小如米粒，有着明亮的淡蓝色，花中心为乳白色，有针状小孔。花朵小而美丽，花期甚长，从早春一直开到夏天。全株入药，消肿止痛止血，嫩叶可食用。——又可食又入药，这正是魔女或女巫会喜欢的一种草。

"姬"在日语里，是小的意思，在动物和植物界，用"姬"命名的很多。动物如姬花蜜鸟、姬隼、姬鹌、姬绣眼鸟……植物尤其是多肉类更多：姬乱雪、姬玉露、姬胧月、姬莲……十二岁的小女孩麻衣在初见附地菜时就知道它和勿忘我长得像，把小一号的附地菜叫作"姬勿忘我"。

欧洲人很喜欢勿忘我，英文名为 Forget-me-not。因为这个名字，勿忘我成为爱情的象征，无数的诗歌歌颂它，多少戏剧用它来补充情节，恋人分别，送一束勿忘我，已经胜过千言万语。我忘记是一部什么欧洲电影了，中古世纪，一位骑士到一个城堡去见他的情人，佩剑的护手柄里就插有一小束勿忘我。骑士见到情人，把那一小束勿忘我扔给她，女士捧着放在鼻前，心醉神迷。那束勿忘我长不到半尺，花束冠不到茶杯口那么大，蓝色的小花像那位女士的蓝眼睛那么明亮。

勿忘我的蓝色小花和欧洲人的蓝眼睛实在太像，因此用来互相比喻的诗不少。法勒斯雷本是德国著名的浪漫主义诗人，他的代表作就是《勿忘我》。

> 绿色的小河边绽放着一朵美丽的花／小小花蕊像天空，蔚蓝又光华／花不知道如何说话／"勿忘我"是花唯一的表达／当我看到两颗美丽的眼睛／蔚蓝亮晶晶／我想起我的小花／开在绿色的小河边

"勿忘我"名字美，花也美。但是花市售卖的名为勿忘我的鲜切花，却不是勿忘我，而是一种名叫补血草的白花丹科（蓝雪科）补血草属植物。补血草株高 15~60 厘米，这个高度，正好适合用来做切花。勿忘我的茎太柔软、花太弱小，采下就萎，无法运输和保存，是不可能作为鲜切花出售的。

秘密花园　　波士顿肾蕨

《Green Card》（中译《绿卡》）

◎片　名　绿卡 Green Card
◎年　代　1990 年
◎国　家　澳大利亚／法国／美国

◎导　演　彼得·威尔 Peter Weir
◎主　演　杰拉尔·德帕迪约 Gérard Depardieu
　　　　　安迪·麦克道威尔 Andie MacDowell

有个法国男人，长得不英俊不好看，大鼻子大脸，与欧罗巴人种的窄脸长头颅全然两样；他身材壮硕，虎背熊腰，长胳膊短腿儿，走路像只猩猩；他絮絮叨叨、痴头怪脑、一脸傻笑。但大家都爱他，叫他"大鼻子情圣"，他是杰拉尔·德帕迪约，法国的骄傲。如果说年轻时候的凯瑟琳·德纳芙是法兰西最后的华丽，那杰拉尔·德帕迪约就是法兰西最后的辉煌。1996 年，法国政府向他颁发了代表法国最高荣誉的"骑士勋位勋章"，他是实至名归的电影皇帝。

　　这个"大鼻子情圣"在1990 年拍摄《大鼻子情圣》这部电影的同时，还拍了一部浪漫爱情喜剧《绿卡》，这次不是扮演一个中世纪的骑士，而是为了得到一张美国绿卡而假结婚的法国失业男青年。

　　这名法国失业男青年乔治从小失学、流落街头、好勇斗狠、打架文身，是个标准的失足青年。而他假结婚的对象是个美丽的植物学家、爱心人士、绿色环保组织的成员布朗蒂。这两个社会地位相差甚远的男女因为各自的需要经人介绍走到了一起，去市政厅结了婚，然后就各走各的，各自过各自的生活。

　　布朗蒂的假结婚是为了获得一套拥有温室和屋顶阳台的住宅。

这样的花园住宅非常难得，何况还位于纽约市内一幢古老大厦里。楼董们的年纪几乎和这幢大厦一样古老，有着古板的观念，他们认为一个成年人一定要有家庭才值得信任。同时申请租借这套房子的租客还有几个，但布朗蒂凭借专业知识和已婚人士的身份得到了这套她梦寐以求的花园住宅。

这套住宅一点不豪华，但客厅另一边是整幅的落地长窗，后面是一个有着玻璃天顶的温室。

温室里种满了绿色植物，青翠葱茏，仿佛进入了热带雨林，秋海棠、凤梨、树蕨、美人蕉全都长势喜人；工作台上放着广口玻璃瓶，里面是小心培育的热带兰花；一只只各式各样的玻璃瓶里，插着剪下来的蕨类植物的叶片，一瓶插一枝，清澈的玻璃瓶和水反射着阳光，就是一幅静物画，鲜黄色的大碗里用卵石营造出一个小小的沙漠环境，种的是多肉类植物。当她招待客人，布置餐桌，高脚酒杯里放一枝花叶常春藤，连餐巾环里都有一枝，餐巾上绣的同样是常春藤。

这样一个温室花园，是人人都想拥有的吧？对植物的喜爱深种在人类的基因里，早期在人类眼里那象征着食物——种子、块茎、蔬菜，包括药物；对后期的城市人群，则是回归的田园、童年的记忆、返璞的生活、休憩的天堂。

布朗蒂想拥有这样一个花园还有职业的需要。她是绿色环保组织的成员，她的一项工作就是去贫困和高犯罪率的黑人社区种植花草，在废墟和垃圾堆上建造花园，她的理念是环境可以改变人。因此她需要一个屋顶天台做工作室，种上供她研究的草种。

我们可以说她太过理想主义，以为一个小花园几朵百日菊两棵大树就可以让街头的野孩子回到正途将来不至于沦为罪犯。但我们也确实知道环境影响着人的行为。在高铁候车室不会有人掸落烟灰，但在火车站就有人随地吐痰。除开修养不同这一先决条件，环境的约束力也不容小觑。乘高铁的人到了火车站一样会肆无忌惮抽烟吐痰，背蓝白红三色编织袋的人乘上动车也不会吐一地瓜子壳。布朗蒂的理想就算太过风花雪月，但她身体力行地做，并不空谈，这就让人敬佩了。

我想起一则故事，美国一个小城有个社区充斥着罪犯和犯罪，牧师曾预言说这里的孩子过了十五年都将进监狱。十五年后他惊奇地发现他的预言并没有得到验证。在他离开这个社区后，来了一个固执的小老太太任这个社区小学的老师，她用她顽石般的坚硬信念和强硬作风把那些逃课打架的孩子拽回课堂，天长日久，滴水有功，这些孩子避开了似乎注定的命运，成为可造之材。孩子是最有可塑性的，哪怕有一点点的温暖和爱心，也能引导他们向好的方面发展。

《圣经》上说，因为偷吃了智慧果，人类被逐出了伊甸园这个天堂里的花园，其后多少代，人类的梦想就是再造花园。古罗马的花园、文艺复兴时期的花园、巴洛克时期的花园、英国自然风情花园，以及不属于西方文化艺术体系里的中国园林，所有这些花园，都是人类梦想中最美的所在，除了承载西方的帝王贵族们的肉体享受，中国的文人学士们的精神寄托，也是人类理想的实现载体。

城市里的人都想拥有一个花园，新建的楼房都有一个阳台，虽然阳台不足以成为一个花园，但有什么关系呢？中国人擅长的就是以小见大、见微知著，既然一池三山就是蓬莱仙境，天一生水就可以镇楼防火，那么小小的阳台就是梦想的花园。我们在阳台上养一缸荷花，体会"采莲南塘秋"的风雅，并不在乎缸里是不是会孳生蚊虫，我们在客厅里种一盆文竹，幻想它就是一片竹林，指着它说"岂可一日无此君"。

我们与布朗蒂步调一致，上个世纪90年代以后，观叶植物进入中国家庭，迅速普及开来。几乎每一个办公室都有绿萝藤，每一间会议室都有发财树，每一家客厅里都有袖珍椰子。它们一年到头绿油油，它们只长叶子不开花，但我们爱它。

在我刚开始工作的时候，在南方城市住过几年，租借的房子没有朝南的大阳台，但这套房子有一间大客厅，超过十八个平方。我并不需要沙发茶几电视柜这些客厅的标准配置，将它变成了一个花房。

朝南的一面是宽大的玻璃窗，窗上有防盗的铁栏杆，我在上面挂满了悬挂植物：镶边球兰、口红花、鸟巢蕨……当南方炽热的太阳照进来的时候，这些悬挂植物就是一幅绿色窗帘。

两面墙前用工人翻修楼房时留下的隔热砖搭起搁架。隔热砖的好处是吸水，浇花时流下来的水就不会积在地上，并且还为盆土保湿了。架上高高低低种了冷水花、彩叶芋、西瓜皮椒草、大岩桐、散尾葵……

客厅的中间，是一盆茂盛的波士顿肾蕨，放在一个高凳上，四面披散开来，青翠碧绿。

每天我在这花房里消磨很长的时间。有一次在一盆水竹草上发现了两只绿色的螳螂，只有我小指肚那么点，不知它们从哪里来的。再过一阵，只找到一只，想必那位热情的挥舞着锯齿臂的情人已经

肾蕨　　肾蕨科肾蕨属。热带、亚热带常绿草本。叶色青翠，株形潇洒，是上等的室内观叶植物。其叶片还可以做切花的陪衬材料。

为爱牺牲了。

于是当我看到《绿卡》这部电影，看到布朗蒂的温室花园，看到那些熟悉的植物，我便不由自主地笑了。这是多么熟悉的场景，这样的绿色花房，我也曾经有一个呢。

你要是问我最喜欢哪一种观叶植物，那当然是波士顿肾蕨。

波士顿肾蕨是肾蕨科肾蕨属植物，这一科属的植物向来深受西方人士的喜爱，早在维多利亚时代就被引种到英国，成为英国温室里的重要热带品种。他们喜欢手绘植物图谱，波士顿肾蕨的一回羽状复叶是常见的题材，也有人直接把修剪下来的老叶夹在卡里镶在画框中，挂在墙上作为装饰画。

在我国台湾地区，波士顿肾蕨被称为玉羊齿或羊齿植物。这个名字来自它的形状，一回羽状复叶，确实是齿形。我知道这个名字，是早些年看过一本台湾版的翻译小说，原名为《Kill and Tell》。书中男主角是一个硬汉警官，略有些雅痞风，他住一幢老旧的住宅，有精致的铸铁阳台，阳台上有两盆垂吊的羊齿植物。那让男主角的同伴吓着了，一个异性恋的单身男人，养两盆很难打理的羊齿植物，在他看来不可想象。

可以肯定书中那巨大的羊齿植物就是波士顿肾蕨，只有它那青幽碧绿的颜色，细碎密皱的叶片，修长柔软的枝条，婆娑优美的株形才能配得上古旧优雅的老宅。波士顿肾蕨天生就拥有浪漫的气质，这种浪漫的气质，正好是古老城市的完美点缀。它像是从手绘植物图谱和墙上的装饰画框中活了过来，沾染了温润潮湿的空气，叶片带水，青翠欲滴，浪漫唯美。它完美地移植进这一出浪漫爱情喜剧中，成为花房里不可缺少的重要植物。

母爱之光　　常春藤　三色堇　鸢尾　水仙 亚麻　罂粟　红花忍冬　铃兰

《Firelight》（中译《心火》）

◎片　名　心火 Firelight
◎年　代　1997 年
◎国　家　英国／美国

◎导　演　威廉姆　尼克尔森 William Nicholson
◎主　演　苏菲·玛索 Sophie Marceau
　　　　　斯蒂芬·迪兰 Stephen Dillane
　　　　　凯文·安德森 Kevin Anderson

　　《心火》中的冬天绝对是拍出了冬天的寒意，因此那一捧母爱之火才更显温暖。

　　一开始男女主角两个人在孤寂的小海岛上，海浪连着压得低低的黑云扑向沙滩，这沙滩也不像夏威夷的碧海黄沙，而是粗粗黑黑的。厚厚的大衣，呼出的白气。寒气扑面而来。

　　接着是七年后的冬天，光秃秃的黑色的树枝，白雪堆积覆盖的大地。蓝黑色的湖水中一幢孤零零的白色的小屋，四面玻璃，两道石头台阶从玻璃房子边伸进湖水中，寒意从冰晶似的房子和冰屋雪湖中沁出来。男主角在冰冷的水里裸泳，可以想象那是在浇灭心中的欲火。然后湖水结了冰，小女儿穿着白色的袍子走在薄薄的冰面上，冰下的湖水透出薄荷一样的冰蓝色，女主角踩破冰盖迈入湖中去救女儿。冰凌被踏碎的声音像冰锥入侵骨头——那刺骨的寒冷也不能让她退缩。

　　片中只有一个季节——冬天，只得两个颜色——黑白，但橘黄的火光温暖着人心。

　　印象深刻的就是白茫茫湖中的小屋，那样孤独。还有影片最后，马车载着一家人和全部家当离开大而空的庄园，雪地上的树枝和黑色的车辙印，仿佛是要带着主角们走进黑白世界里，古旧电影中，让人心痛。远远的广袤大地无限延伸，他们会离开英伦，到新大陆去。那么，观众会把自己心中的那一份美好寄托在那些碾压出的车辙印上。哪怕雪泥冰碴，也有心火在胸。

除了那一团炉火温暖人心，是暖色调的橘黄，就只有苏菲·玛索扮演的女主角伊丽莎白·罗伊尔给女儿手绘的那一张张水彩画上的颜色。

绿色，常春藤；紫色，三色堇；淡紫，鸢尾；黄色，水仙；白色，铃兰；蓝色，亚麻；鲜红，罂粟；玫红，红花忍冬。

每一年，她都会为女儿手绘新年卡片，写下她对女儿的祝福和挂念。牵肠挂肚的心痛，在笔下绘制成册，还有她绵绵的爱意。任谁看了这个绘本都会感动，因此她的小女儿在看过这个专门为她而建的思念档案后，哪怕不识字，都知道这是亲生母亲才会制作的图画书。母亲的一片心意，明白无误地通过花卉图谱传递给了小女儿。

小女儿在看完图册后找到母亲，问：为什么抛弃我？母亲回答：我没有抛弃你，我只是卖了你。小女儿再问：卖了多少？母亲答：五百镑。小女儿又问：那是很大一笔财富吗？母亲泪流满面：是很大一笔财富。小女儿笑了，说：是财富就好。她奔向母亲，投入她的怀抱，一声一声叫：妈妈。妈妈。一声又一声：妈妈。妈妈。

小女孩不是婚姻与爱情的结晶，她只是一场交易的结果。开始得不堪，过程很伤人，但好在有个好的结局。这个好结局是建立在母亲的一片寻女之心爱儿之情上的，因此所向披靡。在如此强大的思念面前，什么都不是借口。

时间不是，她花了六年时间去寻找，从没试过放弃。

人物不是，她甚至不知道和她交易的男人是谁，他们幽会三天，他没有留下姓名，但她还是在茫茫人海中找了去。电影没有告诉观众她是如何办到的，但观众相信凭她如此的执念，即使再花六年，即使花上十六年，她也能找到。

名誉不是，既然她已经不要名誉做出过色与钱的交易。那么在他有妻子的事实面前，做他的情妇又有何妨？只要能和女儿在一起，她可以只做一个家庭老师。

道德不是，既然女儿不是道德的产物，她又何必把道德看得有一毫子重。

甚至法律也不是，当男主角最终做出残酷的决定，而她洞若观火明晓一切，她问他，是不是我想的那样？如果是，我怎么会怪责你？我对你们的思念可以摧毁横挡在我们之间的一切，上帝都不行。

当一个女人的爱可以强大到不怕时间、身份、地位、道德，和法律，那还有什么可以阻止她拥有她的女儿和爱情？

而这所有的爱，都通过一本小小的画册传递出来。那本画册在电影中所占的时间不超过五分钟，镜头一扫而过，却有举足轻重的力量。

常春藤

五加科常春藤属的常春藤是常见家庭观赏植物。

　　第一页，她画的是常春藤，只因为她在生育女儿的时候，产房的窗外有一枝常春藤从砖墙边探出来，在风雨中飘摇。雨打着窗户玻璃，窗外的景色一片模糊，只有这一枝常春藤清晰可见。它像一根救命的稻草，把她从生育的痛楚中解脱出来，让她接受生下来即刻分离的痛苦；它像一只世间温柔的手，抚慰着被撕裂的身体，给她安慰。那一枝常春藤凭空而来，那一抹青绿带来希望。当刚生下来的女儿被抱走，她转头看着窗外的这一枝常春藤，然后用水彩笔画了下来。

　　她在常春藤下写：献给我英格兰的女儿。她是瑞士人，会法语，在英国多年，当家庭教师。与她做交易的男人是一个英国绅士。她不知道他姓什么，因此也无从知道女儿的姓氏，只能写"给我英格兰的女儿"。她说："乖女第一个生日，我连你的名字都不知道。"

　　*

　　常春藤，五加科常春藤属。常见的有四种：常春藤，又叫中华常春藤，原产我国秦岭以南。加拿利常春藤，产加拿利群岛。日本常春藤，又名百脚蜈蚣，产日本、朝鲜、中国台湾。西洋常春藤（洋常春藤），又名长春藤，产欧洲、北非、亚洲。

常春藤耐冷，冬天也常青绿着，能耐 −5~−7 摄氏度的低温。在阳光强烈的地方生长茂盛，在极阴的地方也能茁壮生长。常春藤的藤蔓有很好的攀援能力，不管是垂直攀爬还是作为地被覆土，无不长势喜人。

在欧洲大陆和英伦乡村，常见一幢砖砌的房子被常春藤缠绕装点成绿色，宛如童话中的小屋子。截小枝种成盆栽，留在室内，据说可以吸附甲醛。吸不吸附甲醛且不论，常春藤种在高盆里，放在书架或高几上、橱顶上、搁板上，呈披泻状自然垂下，长枝蜿蜒，短枝虬曲，甚是潇洒，颇为不羁，有书生之随性，有侠士之落拓。

曾经有一篇短篇小说感动过无数的读者，小说名字就叫《最后的常春藤叶》，作者是著名作家欧·亨利。小说写的是纽约的华盛顿广场西面有一个聚集了许多艺术家的格林尼治村，艺术家们寻求朝北的窗户、18 世纪的三角墙、荷兰式的阁楼，以及低廉的房租。两个年轻的女孩苏艾和琼珊在一座低矮的三层楼的顶楼设立了她们的画室。

她们春天在这里住下，到冬天来临的时候，琼珊得了肺炎，医生说他已经尽力了，能不能好，得靠病人自己的求生意志。琼珊的求生意志显然不那么强，她对苏艾说，当她窗外的常春藤的叶片都掉完，她的生命也就走完了。她从这枝常春藤还有二十片时数，到医生来宣告的时候，只剩下五片了。这五片叶子全部掉完，不会超过三天。说话间，又掉了一片。

苏艾把这件事讲给她的邻居兼模特儿老贝尔曼听。贝尔曼也是一个画家，一个从未成功的画家，画了四十年，画成了一个酒鬼，穷居陋巷，以替画家们当模特儿为生。贝尔曼听苏艾转述琼珊的话，说："世界上竟会有人蠢到因为那些该死的常春藤叶子落掉就想死？我从来没有听说过这种怪事。"

过了一夜，琼珊醒来，看见窗外的那枝常春藤，剩下最后一片叶子，挂在枝梢上。叶子青绿不再，泛了些黄，卷了边，像是随时可能在风吹雨打中飘离枝头。琼珊却惊奇了，在一夜的凄风寒雨后，居然还有一片叶子留在枝头，这难道不是上帝的意旨吗？

她从这最后一片常春藤叶上获得了生命的动力，医生再来的时候，告诉苏艾她已脱离了危险。但他还有另一个病人，他马上要离开这个世间了，他也得了肺炎。他就是楼下的贝尔曼，夜里不知到哪里去淋了雨，年纪太大，身体又弱，他是挨不过去了。

琼珊的病好得差不多了，她靠在床头织着一条披肩。苏艾从医院回来，抱住她说："贝尔曼先生今天在医院里患肺炎去世了。他只病了两天。头一天早晨，门房发现他在楼下自己那间房里痛得动弹不了。他的鞋子和衣服全都湿透了，冰凉冰凉的。他们搞不清楚在那个凄风苦雨的夜晚，他究竟到哪里去了。后来他们发现了一盏没有熄灭的灯笼、一把挪动过地方的梯子、几支扔得满地的画笔，还有一块调色板，上面涂抹着绿色和黄色的颜料。还有，亲爱的，瞧瞧窗子外面，瞧瞧墙上那最后一片叶子，难道你没有想过，为什么风刮得那样厉害，它却从来不摇一摇、动一动呢？唉，亲爱的，这片叶子才是贝尔曼的杰作。就是在最后一片叶子掉下来的晚上，他把它画在那里的。"

在这部电影中，编剧让同样是风雨飘摇中的常春藤占据这么重要的位置，显然不是凭空的，他有意无意，在向这位短篇小说之父致敬。

三色堇

她又画下三色堇、鸢尾、水仙，一幅幅充满爱意的花卉小图，那是她擅长的，她以此为生。

*

三色堇,中文有很形象的名字:猫儿脸,鬼脸花,人面花,蝴蝶花。三色堇花瓣为五瓣，由上下两个部分组成。三色堇颜色极多，最常见的一种是，上方两片花瓣深紫堇色，侧方两片及下方一片的花瓣均为三色，有紫色条纹。下部的三片花瓣由里向外颜色从浓到淡过渡，形成图案，既像人脸，又像猫儿脸，又青紫白黑的，像想象中的鬼脸，因此就有这么些奇怪的叫法。好像人、鬼、猫都长成了一张脸，共用一个面具。至于蝴蝶花，更是象形。不是这种花的存在，再也想不出人和鬼，猫和蝴蝶都长得一个模样。

三色堇原产欧洲，是现在随处可见的最寻常的花，但在这个故事发生的爱德华时期，三色堇刚刚引进至庭园两百年。在那个年代，三色堇的标志性的圆形花瓣才从长形培育过来不久，那是 1830 年的事。在两百多年间，园艺师们把三色堇的花瓣从野生状态下的 3 厘米放大拉抻到了 6~7 厘米，到 20 世纪培育了超过 10 厘米的品种和无数的单色堇素色堇混合色波状花的杂种群。

因此在如今看来这么普通的花，在早些年不普通，还算珍贵。凡物一珍贵，便会附会出一些传说和故事来渲染它的传奇性。这个有关三色堇的传说是这样的：希腊神话中那个爱捣蛋的小淘气爱神丘比特，有一天又淘气了，他拉弓搭箭对着一个人射去，谁知一阵风吹来，箭落在一丛白色的堇菜花上，白花堇菜的眼泪和血污了一脸。

神仙的箭自然带了些法力，这些血污和眼泪怎么都洗不去，留在了花瓣上，从此后白色的堇菜花变成了三色，它的名字也从堇菜变成了三色堇。

伊丽莎白为女儿画一朵三色堇，除了这花儿在当时实属珍贵，更是用了它的花语：思念。

三色堇在欧洲尤受推崇，有"英国的花姿，美国的花径，德国的色彩，法国的性状"之说。大花三色堇为欧洲人培育。

鸢尾

香根鸢尾是法国的国花，大而艳，在法语里是"光之花"之义。

鸢尾，彩虹之花。最早可以在公元前 1500 年的古埃及墓石上看到鸢尾花。

有一个故事，在这里可以提上一提。传说某个天神与女神相恋，他们生下的私生子，被天神变成了彩虹，挂在了天上。依稀记得是希腊神话中的故事，而到处勾搭女神生下私生子无数的天神就像是为宙斯量身定做的，而把私生子提升为星座更是宙斯的最大爱好，但变成彩虹，就不记得出处了。

希腊神话中彩虹女神的名字叫 Iris，是赫拉的专属信使。她在天上飞来飞去，替众神向人类传递消息，她在天空匆匆飞过留下的身影变成一道色彩，那就是彩虹。希腊人认为彩虹是连接天和地的，因此 Iris 被认为是神和人的中介者，她负责将人类的祈求、幸福、悲哀、怨怒、祝福传递给诸神；同时也把神的旨意传递给人类。Iris 是神音的传递者。

这个故事显然和我记忆中的那个与彩虹有关的故事不一样，那我的"彩虹和私生子"的故事又从何处得来？回到我找不到出处的那个故事，与电影中的故事是不是很相似？

电影中的小女儿，就是一个私生子。小女孩被她父亲谎称是从旅馆的楼梯上捡来的，以免让他的妻子蒙羞。他的妻子从马车上摔下，成为植物人，躺在床上已经多年了。佣人们都知道小女主人来历蹊跷，女仆还神神秘秘地告诉伊丽莎白，小姐是从吉卜赛人那里买来的。

吉卜赛人几百年来一直在欧洲各处流浪，被当地人驱赶，受尽不公待遇。吉卜赛人为了生存，也干些偷窃和买卖婴儿的勾当，说小女孩是从吉卜赛人那里买来的，等于是说她的身份低到无可再低。

电影中的男主角把私生女儿带回家，娇宠无比，宠得她的性子乖戾孤僻，所有人都不喜欢她。但她的父亲，仍然爱她如珠似宝，让她踩在他的肩头上，高举着捧进屋子，就像彩虹挂在天上一样。

虽然那是他的私生女儿，但却是他生命中的彩虹。是他的Iris，是未来幸福的信使。

伊丽莎白为她的小女儿画一朵鸢尾，她不会不知道鸢尾的花语，那是"消息"。法国的国花是香根鸢尾，她是瑞士人，说法语，文化背景可以和法国认同，香根鸢尾可以说是她的花。

水仙

"金盏银台"水仙花被六裂，白色，呈盘状；中间有黄色的副冠，形如杯盖。

中国人常见的水仙是"金盏银台"，雪白的六片花瓣中间有一圈黄色的副冠，中国人形象地为它取名为"金盏银台"。金黄色副冠是金子打造的碗盏，雪白的六片花瓣是银子打造的托台，银台托着金盏，精致美丽到无可挑剔，那是一种最具有东方情怀的冬天盛开的花。

水仙在中国，品格极高。因其性喜水，故名水仙，又因花朵如碗，故名金盏银台。因得水能活，卵石培护，恰如不食烟火的仙人，又有了"凌波仙子"的名号。因曹植写过著名的《洛神赋》，后世便将水仙与凌波仙子和洛神联系在了一起。

旧时所养水仙，多是产自崇明的单球，一个一个的，没开花的时候，就像一个大蒜头，因此又有了别号，叫"雅蒜"。民间所谓"水仙不开花，装蒜"是也。

中国水仙只得两种，单瓣叫"金盏银台"，白瓣中有黄心如盏。重瓣的千叶水仙，名"玉玲珑"，其花瓣皱褶，不作杯状，仍为白瓣黄心。

水仙 • 石蒜科水仙属。多年生草本。中国水仙主要有两种，一单瓣，名"金盏银台"，一重瓣，名"百叶水仙"或"玉玲珑"。图为"金盏银台"。

但在中国古代，旧有红水仙之说。王敬美《学圃杂疏》中说："唐玄宗赐虢国夫人红水仙十二盆，盆皆金玉七宝所造。夫人以衣裳覆盖水仙取其幽香，明皇得知，称虢国夫人为'肉身水仙'。"

又据段成式《酉阳杂俎》中说："捺祇，出拂林国。长三四尺，根大如鸭卵。叶似蒜叶，中心抽条甚长。茎端有花六出，红白色，花心黄赤，不结子。其草冬生夏死，与荞麦相类。"《本草纲目》上说："据此形状当与水仙仿佛，岂外国名谓不同耶？"

这里值得注意的是"捺祇"与拉丁文 Narcissus 发音相似，由此可以推测西方原产的口红水仙在唐时当已传入我国。

唐玄宗把人家进贡的花赏赐给了虢国夫人，虢国夫人用这花来熏香，唐玄宗听说了，便称她为"肉身水仙"。妹夫叫大姨子"肉身水仙"实在暧昧，并且"肉身水仙"这个名字，也太恶俗了。且西洋水仙不似中国水仙，无香，怎么用来熏衣？要么这就是虢国夫人说个谎话编个故事来骗明皇高兴。不过这花既然是他赏出去的，他自然是见过的，见过的不会不知道没有香味，人家肯花心思哄他开心，他唐官家乐得装糊涂了。

所谓"口红水仙"，乃黄水仙的花筒边缘有一圈红色，非整株花都是红色，唐玄宗赐虢国夫人的红水仙，应该也是黄水仙的一种。黄水仙花大色艳而无香味，虢国夫人以衣裳覆盖水仙取其幽香，显然只是一桩形为艺术，真要熏香，中国水仙要香得多。这个传说，无非是说红水仙难得。大老远地从地中海地区运到了长安，倒也了不起。

在西方，水仙一样有传说。希腊神话中，有一个名叫纳西塞斯(Narcissus)的美少年，一日从湖水的倒影中瞥见了自己的容貌，竟自爱上了水中之人，痴痴凝望不肯离开，终至憔悴而死。死后化为水仙，生生世世顾影自怜。

中国水仙与古名"捺祗"的西洋水仙，都是石蒜科水仙属，黄水仙因其花瓣多黄色，便叫黄水仙，又因花筒呈喇叭形，又叫喇叭水仙。

虽然纳西塞斯是死在水边的，但黄水仙多是种在泥土里，成片地种，像郁金香一样作为地被植物，以大块的色彩取胜。很少会像养中国水仙那样，拿只白瓷盆子，一汪清水点缀雨花石，做案头的清供。黄水仙与"清雅"二字，似毫无关系。

伊丽莎白给女儿画水仙，肯定不是映照自身。从电影里看，小女儿一个人在玻璃房子里幻想与母亲相处，那么封闭的个性，却是和那个少年纳西塞斯有些相似。她不和任何人交朋友，除了父亲不与任何人亲近，要不是伊丽莎白不顾千辛破除万难来到她身边，用母爱温暖她孤寂的心灵弱小的身躯，她必将一辈子顾影自怜。

伊丽莎白曾对女儿的父亲说："你是要怜爱她，我是要她得到怜爱。"这是完全不同的境界，来自父亲的怜爱只会把她缩小到心灵的一角里去，而得到怜爱却是以自身的美好来吸引身边的人。她显然没有这么可爱，家里的仆人都不喜爱她，连姨母都说这是个古怪的小女孩。

这个孤独的小女孩，便是伊丽莎白笔下孤傲的水仙。

亚麻

一朵纤弱的蓝色小花出现在纸上，细细的花茎，明亮的蓝色，五瓣的亚麻。"我并没有忘怀你在何方呢。"她喃喃自语。

*

亚麻的花是明亮的蓝色，当这种花出现在眼前，你会微微吃惊，原来亚麻是如此纤弱细小不起眼，要不是它开着明亮的蓝色花朵，肯定就一脚踩了过去，再不会多看它一眼。

我是在木兰围场的坝上看到亚麻花的，此前足迹一直徘徊在江南华南西南，北方草原这是第一次踏上。八月初的坝上草原，金莲花花季已过，草原上开着翠雀和柳兰，沙参和野罂粟，蓍草和蚊子草。我在草原上漫步，信马由缰，走到哪里算哪里，并没有一定的方向，停下来，看见有花，便拍下来。有的当时就能认识，有的不能，草原植物和我日常见到的园林植物大相径庭，重合的不多。只有拍下来，回去看书查资料，一一辨识，注上名字。

然后我就看到这朵小蓝花，我愣了一下，在记忆库里搜索，这么蓝的小花应该是什么？看它蓝得如此纯粹，不杂一点粉或白，它就是蓝，不容置疑的蓝。

花如此地小，茎如此地细，有风无风都在摇。花小，对焦难，

亚麻是著名的纤维、油料和药用植物。

更兼是个阴天，马上要下雨的样子，亮度不够。一阵风过，小蓝花摇摆着纤细的腰肢，让我的拍摄愈加艰难。像是责怪我居然想不起它的名字，连名字都不知道，拍什么呢？

我努力捕捉它的影子，终于定格下来，这一刻，我忽然想起一个名字来，亚麻。

没错，就是亚麻花，只有亚麻花才有这么纤巧这么柔弱这么亮蓝。

亚麻这个词我们太熟悉了，从西洋翻译小说中早就熟悉了它，亚麻布、亚麻裙子、亚麻餐巾、亚麻色的头发。以致我总以为亚麻是家乡青麻那样高过人头的农作物，没想到它是如此矮小和纤弱。

亚麻在中国人的生活中不常见，我们常见的麻制品如麻绳、麻布、麻袋等，都是青麻织成的，织物粗，划手，不精致。于是在我们的印象中，麻布是很低劣的织物，只配做粗活，装装大米黄沙石子什么的。没见过实物，想象不出亚麻布的餐巾是怎样高级，贵族们要用它来擦嘴和擦手。只有见到亚麻，才知道那几乎是一定的，这么纤细的植物，由它的植株纤维织出的布，当然是细致柔软精致高档的。

亚麻，据说原产中亚细亚，因此叫亚麻，五千年前便引种到欧洲和埃及，身份高贵的法老们死后身体做成木乃伊，要用亚麻布包裹。传说中耶稣死后被钉在十字架上，全身是血，尸体被取下后也是用亚麻布包裹，传说中的"都灵裹尸布"仍然保存在世间。

亚麻喜爱凉爽的气候，前苏联产亚麻占全世界一半左右，因此在前苏联的小说中，时不时能见到亚麻布的影子。保尔·柯察金在西伯利亚修铁路，靴子破了，袜子不能再穿了，厨房大妈给他一块烤得热乎乎的亚麻布包脚。读者读到这里，仿佛自己的脚都被这块充满爱心的亚麻布给暖和了。

罂粟

她画一朵罂粟。鲜红的薄如蝉翼的花瓣："你四岁生日了，一定长得很大。"

*

罂粟因为含有吗啡，是重要镇静剂及镇痛剂，用罂粟里的浆果汁液制成的鸦片，给中国人民带来过巨大的痛苦和灾难，但在欧洲，它只是治病的药剂。鸦片泡在乙醇里，制成鸦片酊，给病人镇痛。在翻译小说中，时常可以看到鸦片酊这个名词。

唐朝的《开宝本草》已经记录了罂粟，说它"甘、平、无毒"。当时称为罂子粟，又有米壳花、象壳、米囊花、御米花等名。李时珍在《本草纲目》里说：其果状如罂子，其实如粟，故有诸名。意思是说，罂粟的果子像个罐子，种子像粟米，因此有那些名字：米壳花（有米有壳，米在壳内）、米囊花（有米有囊，米在囊里）、御米花、象壳（像个壳子）。

宋朝的苏辙写过一首诗："畦夫告予，罂粟可贮。罂小如罂，粟细如粟。苗堪春菜，实比秋谷。研作牛乳，烹为佛粥。老人气衰，食以当肉。"

翻译过来就是：有农夫告诉他，罂粟耐贮存。果子像个小罐子，种子细如小米粒。春天的时候嫩叶可以当蔬菜，秋天的时候收下果实当稻谷。磨成浆就像牛奶一样，煮成粥可以敬供佛祖。老年人体弱气衰，吃下这个就当是吃肉了。罂粟这种作物春天是菜秋天作谷，常吃强身健体，他种了好几亩罂粟当蔬菜吃，功效非凡，因此写了一首四言诗来说明这种农作物的好处。

已证明，罂粟籽除了是一种粮食作物，还含有对健康有益的油脂，可用来拌沙拉。

很有意思。可见植物无错，罪恶都是人做出来的。

鸦片因为给我们带来过巨大的屈辱，连带罂粟也倒了霉，种个花要胆战心惊，生怕惹上种植毒品的嫌疑。

时常可以在报上看到热心无知的市民打电话到报社或派出所，说在某处花园、花坛、绿地里有人在种罂粟，其实不是冰岛罂粟，就是虞美人。这种事件，好多城市都发生过，于是为了免除不必要的麻烦，挂牌子时冰岛罂粟一率不叫冰岛罂粟，叫冰岛丽春，这是取巧用它的种名；或者叫虞美人，这是为了混淆视听。

冰岛罂粟，罂粟科罂粟属。罂粟科有二十八属，二百五十多个品种，只有鸦片罂粟和包鳞罂粟能产生鸦片。闻虎色变，沾罂粟而指麻，大可没有必要。

花就算有毒，那也是它生存的方式，它只是为了保护自己，繁育种群。有人一知半解，对着虞美人大呼"妖艳"，对着冰岛罂粟称它为"致命的诱惑"，去草原拍到一朵黄色的野罂粟就悲怆心痛恨不能雪耻，其雀跃兴奋之态，丑态百出。唯睨视之。

冰岛罂粟　　罂粟科罂粟属。多年生草本。为园林观赏植物，不同于用来提炼毒品的罂粟。

红花忍冬

红花忍冬是忍冬科忍冬属中唯一的红花品种。

"整整六年，哪儿才可找到你呢？"镜头拉近，才看清楚，是红花忍冬。

＊

忍冬就是中国人熟悉的金银花，在"非典"时期药店曾经一度脱销。但红花忍冬和中国的金银花相差甚远，如非是对植物有一定了解的人，几乎不会把这个花和金银花联系在一起。

忍冬，从名字上就知道这种植物耐寒，秋天不掉叶，冬天不凋萎，一年四季常绿，花有清香，还有清热解毒之功效。

中国忍冬除了俗名叫金银花之外，还有金银藤、鸳鸯藤、左缠藤等名。鸳鸯藤是指它的花成对而开，像鸳鸯一样；左缠藤是说它的藤向左扭转。还叫金股钗、双花藤，名字又多又美。

所有这些名字，都点出它的特征：花朵对生。成双成对，像鸳鸯，像双股的金钗。而俗名金银花则是指它初开时花色雪白，像银丝翻飞，两三天后将落时花色转黄，如金箔贴就。先白后黄，因名金银。

而红花忍冬则不一样，未开花时花束成团，一个花托里有十几个花蕾，颜色玫红，鲜艳灿烂，与中国忍冬的清雅脱俗完全不一个风格。要到开出花来，花丝抽长，如蝴蝶翩翩，才恍然大悟，原来这也是忍冬的一种。

铃兰

　　她又画下铃兰，宽宽的叶子，勺形的叶身，像小铃铛一样的洁白的小花。她画着，满脸的爱怜，说："另一个新年了，我的乖女。"

＊

　　铃兰的花具有极高的辨识度，对植物再陌生的人，只要见过一次铃兰的照片，都会过目不忘，并且会记住它的名字。我见过有指着茶梅说杜鹃，指着花毛茛说玫瑰的，还没见过说错铃兰的，倒是有人把风铃草和雪滴花误认作铃兰，可见铃兰知名度颇高。

　　铃兰除了花有极高的辨识度，它的叶子也很容易和别的球根植物区分开来。叶子宽，长卵形。通常植物的叶脉都是横向或枝杈状分布，铃兰的叶脉是直线走向的，与叶缘的方向一致。因此在电影里，镜头一晃而过，连花朵都没有涉及，只看到两片长长的宽宽的勺形叶子，我就知道这是铃兰。

　　为什么一定是铃兰而不是别的花呢？因为铃兰在英国，几乎是国花的级别，在整个春天，四月和五月，英国的乡村和田野几乎被铃兰覆盖，英国可以说是一个铃兰的国度。

　　看过一个纪录片，讲英国查尔斯王子的园丁生活，他在肯辛顿有个自己的庄园，他亲自堆肥壅土挖坑种植，和园丁讨论怎样筑台基才可以避免野兔来打洞、啃食铃兰的球根。铃兰的球根带甜味，是野兔最喜欢的食物。

铃兰是球根植物，多年生草本，越冬就靠地下球根茎蓄积营养和能量，春天从根茎的顶上长出两三片长弧形的勺子一样的叶片，有着细细的长长的直线叶脉，碧绿的叶子青翠欲滴，像随时有水珠从叶脉上滑落。叶子长长的，有手掌那么长，宽宽的，有手掌那么宽。只要看一下自己的手掌，就知道铃兰的叶子是个什么模样了。

铃兰从球根顶端长出两三片叶子，跟着就抽出一枝花葶，上面结着6~10朵小小铃铛一样的花，这种式样结蕾的花葶被称为"总状花序"。铃兰的总状花序偏向一侧，那让它的花葶总是弯弯地垂下，像是不胜重负。

英国是铃兰之国，法国是铃兰之乡。铃兰的英文名字叫"谷中百合"（Lily of the Valley）、圣母之泪（Lady-tears），和天堂之梯（Ladder to Heaven）。法国有铃兰日，五月一日这一天，他们要互赠铃兰，铃兰代表的是"幸福归来"。

伊丽莎白为女儿画一枝铃兰，是不是希望这"天堂的阶梯"可以带着她去到开满百合的幽谷，让幸福归来，一家团圆？

*

*

她的满满的思念之情通过她手里的画笔一下一下描在纸上，每一寸思念化成一片花瓣，每一分爱怜绽放成一朵花。世间所有的花都是她的思女之心，凝结成种子，在雪地里生根发芽，长成植株，开成花。长成常春藤，下雨也不怕。长成铃兰，雪下结蕾，春天开花。长成忍冬，再冷也不畏惧……

云中漫步　葡萄

《A Walk in the Clouds 》（中译《云中漫步》）

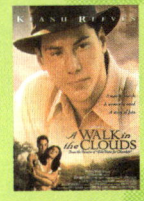

◎片　名　云中漫步 A Walk in the Clouds
◎年　代　1995 年
◎国　家　美国／墨西哥

◎导　演　阿方索·阿雷奥 Alfonso Arau
◎主　演　基努·李维斯 Keanu Reeves
　　　　　埃塔·桑切斯－吉永 Aitana Sánchez-Gijón
　　　　　安东尼·奎恩 Anthony Quinn

纳帕山谷在美国加州旧金山往北七十公里左右处，整个山谷大约有三十英里长，四万五千英亩，山谷内种满了葡萄，有二百五十多家的葡萄园和葡萄酒庄。整个加州的葡萄酒产量约占美国的80％，这其中只有4％来自纳帕山谷。但是纳帕山谷因为地理环境的原因，日照时间长，昼夜温差大，降雨量少，气候温和干燥，出产的葡萄酒具有相当高的品质，是新大陆葡萄酒里的佼佼者。

山谷内风景如画，山峰青翠葱茏，谷底是葡萄架构成的垄亩，长长的，一望无际，其间点缀着酒庄和房舍，挑任何一个地方拍一张照片，都可以作为葡萄酒瓶上的商标酒招。这样一个仙境般的地方，除了盛产葡萄酒，还是浪漫爱情的高发地。

2004 年的电影《杯酒人生》就是在这里取的景，两个葡萄酒爱好者驾车漫游纳帕山谷，一间间酒庄品尝美酒，回忆过去，感慨现在。纳帕山谷就是一个巨大的橡木桶，把中年情怀酿成了一杯浓郁的葡萄酒。

这部电影获得了 2005 年奥斯卡最佳改编剧本奖和 2005 年金球奖最佳编剧奖，有一部名叫《云中漫步》的电影则比它更早十年把镜头对准了纳帕山谷，摄影更佳风景更美剧情更浪漫。比起《杯酒人生》里的两个中年男性，这部电影里的男女主角更养眼，男主角是尚未演《黑客帝国》却已在《生死时速》里大放光彩的基努·李维斯，女主角是意大利人，有着深色的头发、微黑的皮肤。

《云中漫步》这部电影拍摄于1995年，正是基努·李维斯星途初红的时候。此前一年他演了《生死时速》，一夜之间红遍全球。而在此之前，他在著名的吸血鬼电影《惊情四百年》里演配角，作为女主角诺薇娜·奈德的未婚夫，一出现就成了女吸血鬼们的鲜食。英俊少年转眼白发，面容苍白，眼神忧郁，败在更有气质的加里·奥德曼的手下，不算冤枉。

是的，他那个时候还只有英俊的容貌，气质略逊。他要到1999年的《黑客帝国》才成为真正的巨星。而在这部《云中漫步》里，他还只是一个小生，刚演过了动作戏，转拍一部文艺爱情片，换一下口味，体验不同的风格，继续磨演技。

《云中漫步》是这样一个略显老套的故事。保罗退伍回家发现妻子另有相好，维多利亚与有妇之夫私通未婚先孕。保罗被查票的推下了巴士，停在了纳帕山谷，前方不远处，是早一步下车的维多利亚，她坐在行李箱上饮泣。

纳帕山谷是那样一个诗情画意的地方，保罗在这里住了短短几天，和阿拉贡家族的人一起采葡萄，受到除了维多利亚父亲的所有人的欢迎。晚上寒霜突然降临，家族里的成员从床上爬起，在葡萄垄中间点起火堆，用丝绸做的翅翼缓缓扇起热风，以避免寒霜停在即将采摘的葡萄上，冻坏了葡萄。

第二天太阳升起，霜化为露，露化为雾，随着阳光蒸腾散去，葡萄园像飘在云中。男人们摘下葡萄倒在巨大木桶里，已婚妇女脱了鞋子赤脚跳进木桶内，把新鲜采收的葡萄踩出浆汁。

女人们拉高裙子，露出大腿，伴着墨西哥男人们热烈的吉他曲，欢快地踩着跳着，汁水飞溅，甜蜜弥漫在心间，爱情也在保罗和维多利亚心中发酵，他们都感到了来自对方和自己的不同寻常的感觉。维多利亚哭了，爱情来得太迟，她已经失去了爱这个男人的机会；保罗退缩了，他想起他还有妻子，虽然她早变了心有了情人，但他到底是结了婚的男人。

电影故事写到这里，忽然想起《北京遇上西雅图》。这部电影上映时，被男性网民嘲笑，说 Frank 是"接盘侠"、"喜当爹"；被女网民羡慕嫉妒恨，说 Frank 要是在国内，就他这条件，小姑娘们还不乌泱乌泱往上扑，哪里轮得到文佳佳这个小三孕妇兼泼妇。男性网民的心理，除了看重的是女人身体的所有权、强烈的处女情结外，还有一股浓浓的某丝心理。而女性网民，也不同情维多利亚和文佳佳这样的处境，觉得她们把好处都占全了，又要钱又要人，于是把荡妇骂一百遍的同时，自己就高尚起来了，站在了道德的制高点上，满足一时的痛快。

吾国网民对同胞着实刻薄，不允许有一点点道德上的污点和思想上的高度，Frank 的宽厚善良在男性网民看来就是懦弱无能，文佳佳的好运气在女性网民看来就是 bitch is so bitch——贱人就是矫情。而大洋彼岸的保罗和维多利亚的故事，就是"真爱的

葡萄　　葡萄科葡萄属。落叶木质藤本。
原产亚洲西部，汉时传入我国，又叫蒲陶
（《汉书》）、草龙珠（《本草纲目》）、
赐紫樱桃（《群芳谱》）。现在世界范围
内广泛栽培，可生食、制葡萄干、酿酒。

风采"——这部电影在引进时，曾经用过这个译名。

葡萄在发酵，时间是美酒的媒介，耐心是优秀的品质，真诚是催化剂。当一切条件成熟，甘甜的葡萄一定会酿出美酒。但过程是折磨人的。

维多利亚迫于良心的谴责，向父亲坦白了真相，腹中孩子的父亲并不是保罗。阿拉贡先生盛怒中把一盏油灯打翻，火势汹涌而起，扑救不得，所有的葡萄转眼间烧成了灰烬。

一家人垂头丧气，保罗却不死心，他跑到维多利亚的爷爷曾经带他去过的老葡萄树下，挖出一截老根来。这棵老葡萄树是最早的那位老阿拉贡从西班牙带来的，它被装在一只橡木桶里漂洋过海到了这里，扎下根来，开枝散叶，繁衍出这一片葡萄园。被保罗挖出的这一棵老根尚活，葡萄不死，"云间"葡萄园终能恢复。

葡萄园风情就这样通过这部电影留在我的记忆里，纳帕山谷的美景和葡萄一样醉人。后来有一阵子我迷上了台湾出版的西方浪漫小说，在这个庞大的小说群中的有一个细分类就是以纳帕山谷为背景的葡萄园故事。每当捧起一本这种类型的书时，《云中漫步》里的葡萄园景色就自动填补到文字里，为故事情节增色不少。我曾经笑说：照这样写下去，纳帕山谷里的酒庄都要被写一个遍了，那点地方还真住不下这么多人。

中国从来不是葡萄酒的产地，葡萄更多是作为夏季水果售卖，其中尤以玫瑰香味的为多。像沙巴珍珠，有玫瑰香味；早玫瑰，玫瑰香味浓郁；山东早红，同样有玫瑰香；里扎特，别名玫瑰牛奶……

上面这些都是鲜食水果，作为酿葡萄酒原料的葡萄，则是别的品种：白诗南，酿制的葡萄酒浅绿黄色，澄清透明，具浓郁的果香和优雅的蜂蜜香气，味醇和协调；雷司令，酿制的白葡萄酒浅黄绿色，澄清发亮，果香浓馥，醇和爽口，回味绵延，是酿制干白葡萄酒的优良品种；白羽，酿造的葡萄酒浅黄色，澄清发亮，清香悦人，味正爽口，酒本完整，回味良好，是我国当前生产白葡萄酒的主要品种之一……

2000 年以后，葡萄酒才多了起来，广告铺天盖地，普通葡萄酒已经不能满足人们的奢侈消费了。这两年讲究的要喝拉菲，一瓶上万元的价格，一般人当然喝不起。不过在从前，我们也不是没有葡萄酒喝，我们有家酿葡萄酒的习惯。

买上五斤十斤玫瑰香葡萄，洗干净，摘下来，一个一个轻轻捏破，连皮连籽连果肉连葡萄汁水，放进磨砂细口的大肚瓶里，加上一定比例的糖，盖紧盖，置于温暖的地方等葡萄在里面慢慢发酵。过半个月左右，首次发酵完成，这时候需要换瓶。用一根养热带鱼的鱼缸导管把葡萄酒导流进另一个瓶子里，等于过滤一遍，再进行二次发酵，二次发酵的时间大约需要一个星期。经过再次换瓶，静置澄清后，装进小瓶里放进冰箱或阴凉的地方，储藏饮用。

葡萄在汉朝已经进入中国，这是早有定论的。"年年战骨埋荒外，空见蒲桃入汉家"，葡萄进入中原之后，遍地开花——不对，是遍地生根。葡萄花小，边开边落，几乎看不到葡萄枝上开得有花。葡萄的落地生根让中原人民十分喜爱，它又甜水分又多粒又多，又可以遮阴又可以覆瓦。墙角上种一棵葡萄，不占地方，过两年就可以收获了。这东西实在太完美了。

葡萄因为果实繁多，更是满足了中国人多子多福的愿望，和同时进入中原的多籽的石榴一起，长久地停留在了它们可能出现的每一个地方。铜镜的背面、床檐、桌边、凳子、屏风、衣裳裙子、绣屏画扇，就没有看不到它们的地方。

农历七月七日乞巧节，民间传说牛郎鹊桥会织女的日子，小孩子想要偷听他们的悄悄话，就必须得躲在葡萄架下。在中国，葡萄和爱情，也就这么结缘了……

青梅竹马　　法桐

《Flipped》（中译《怦然心动》）

◎片　名　怦然心动 Flipped
◎年　代　2010 年
◎国　家　美国

◎导　演　罗伯·莱纳 Rob Reiner
◎主　演　玛德琳·卡罗尔 Madeline Carroll
　　　　　卡兰·麦克奥利菲 Callan McAuliffe
　　　　　瑞贝卡·德·莫妮 Rebecca De Mornay

有一种情怀叫初恋。初恋的美好在于不确定性，不知道它什么时候来，它来还是不来，来得早与来得迟，对一个人的一生影响大或者小，没有一定。

关于初恋的文字，数不胜数。中国人最熟悉的一定是"青梅竹马"：

> 妾发初覆额，折花门前剧。
>
> 郎骑竹马来，绕床弄青梅。
>
> 同居长干里，两小无嫌猜。
>
> 十四为君妇，羞颜未尝开。
>
> 低头向暗壁，千唤不一回。
>
> 十五始展眉，愿同尘与灰。

古代女子的情感含蓄而浓烈，西方有一个初恋故事同样动人。但丁九岁初见Beatrice，一见倾心，念念不忘，为她写下诗章。在《神曲》中她成为了仙女，当他在黑暗森林里找不到路时，是 Beatrice 派人来拯救他，带领他游历地狱、炼狱和天堂。这不正是初恋的谕示？人们对初恋的长情，正如史诗里的故事，结果是地狱还是天堂，是炼狱还是人间，全由游历者本人的心去感知和决定。

各民族都对初恋赞美有加，只有中国视初恋为虎蛇，建构了一个新词叫"早恋"。在校学生一旦有了早恋感情的苗头，无论学校老师和家长以及社会，全部无一例外地给予打压。但初恋的萌生却是最自然不过的一件事，它无成年人的计算和称量，完全发自内心和人的本性，是最美丽最纯洁最无私的。这样美丽的事物被成年人的市侩之心贬到与尘埃同低，既是初恋的悲哀，也是成年的恶行。

我记得《飘》里有一个情节，郝思嘉的儿子韦德没有被小朋友邀请去参加生日宴会，瑞德质问思嘉，为什么他家开生日会不邀请韦德。思嘉照例不在意兼无情地说，那不过是小孩子的宴会。瑞德却认真了，他说：先有小孩子的茶会，才有青年男女的交往。虽说现在的中国不是那个时候的美国南方，但道理却是一样的。先有小儿女的初恋，才有将来的男朋友和女朋友，才有结婚的对象。而中国父母的做法却是不许早恋，不许在中学谈恋爱，大学也要以学业为主。但当孩子们一过二十五岁，就催促他们快点结婚，恨不得从马路上拉一个适龄男女回来，见三次面就可以领证了。

何等地粗暴无礼。

同样是在美国的老南方，2010年，拍出过《当莎丽遇上哈利》和《危情十日》的导演推出了一部新作《怦然心动》，这次他把故事放在少年男女的初恋这个视角上。故事里的小男孩十二岁，搬家到一个小镇，对面邻居家的小女孩与他同年，上一个班级。

小女孩对他一见钟情，想出许多借口接近他。

他们的学校甚至举办这样的活动：让品学兼优的十名男孩带上家里预备的野餐篮子站在主席台上，由校长主持拍卖，由出价高的女孩买走这次午餐约会。女孩们为了这次拍卖会攒钱的攒钱，打扮的打扮，明送香吻，暗送秋波，会前放风声，会上争竞标，个个争奇斗艳。校方没有说不许女孩们暗恋明恋，家长也视自家儿子被选中为一种荣誉，少年男女在这个过程中学到成年人社会的缩小版本和行为规范，没有一个人会说：好好学习，不许早恋。

片中的男孩被女孩们视为最佳人选，邻居小女孩对他表现出最大的好感，送他自家养的鸡生的蛋，和他一起等学校的校车。这个名叫茱莉的女孩勇敢大胆，明辨是非，敢作敢为。他们一同等候校车的地方有一棵高大的梧桐树，守规矩的孩子都站在树下等，只有茱莉爬到树上，站在另一高度看他们这个小镇。也许正是这样的视角和高度让她有着同龄人少有的见识和努力，当这棵树要被锯掉的时候，她爬到树上，宣言与树同在。她要一个人进行一场大树保卫战，与整个镇子的成年人对抗。她邀请男孩成为她的同盟军，但男孩却没有她这样的勇气，退缩了，懦弱了，并且平庸了。他与其他人一样看不到茱莉的勇气和毅力，最重要的是高人一等的见识。整个镇子，只有男孩的爷爷赞美茱莉的行为，鼓励她，并且在她受到孤立的时候陪在她的身边，与她谈论人生和园艺，以身作则，成为男孩的导师。

他对孙子说："有些人浅薄，有些人金玉其外而败絮其中。有一天，你会遇到一个彩虹般绚丽的人。当你遇到这个人后，会觉得其他人只是浮云而已。"

三球悬铃木 · 又名法国梧桐。悬铃木科悬铃木属。落叶大乔木，高可达30米。原产欧洲东南部及亚洲西部，久经栽培，据记载我国晋代即已引种。今陕西户县存有古树，叫祛汗树或鸠摩罗什树。

这场一个人的保卫战最终没有胜利，这棵巨大的梧桐树被齐根锯断，拉走。茉莉放弃了搭乘校车，改为骑自行车上学。男孩还是站在这棵树的树桩边等候校车，没了树荫和茉莉的陪伴，他这才觉得世界不一样了。

这棵在电影里如此重要的树，片中叫 Sycamore，译作梧桐树。但一看树形，就知道这不是中国梧桐，而是另一种中国人非常熟悉的法国梧桐，正名叫悬铃木。

悬铃木为悬铃木科悬铃木属，属下有七种悬铃木，中国引进的只有三种：一球悬铃木、二球悬铃木、三球悬铃木。一球悬铃木称美桐；二球悬铃木是英桐，为三球悬铃木与一球悬铃木的杂交种，在英国伦敦育成，因此称英桐；三球悬铃木才是法桐。

据记载，三球悬铃木在晋代时传入，被称为祛汗树、净土树，又名鸠摩罗什树。传说是鸠摩罗什东来传法，鞋里的一颗梧桐的种子落在陕西省户县的土里，生根长成。明董斯张撰有《广博物志》，卷四十三上有关于这净土树的记载："西安府鄠县有净土树，俗传西域鸠摩罗什憩此，覆其履土，中生兹树。二月开花如桃花。"我觉得根据这个描述，"二月开花如桃花"，显然和法国梧桐差得很远。

《大明一统志》的描述还要多一点："在鄠县南八里，西域鸠摩罗什憩此，覆其履土，中生兹树。二月开花如桃花，八月结实状如小粟，壳中皆黄土。"又称："其木四季褪皮，叶类于掌，春华秋实，实内似土，故名'净土树'。"原来"净土树"这个名字是这么来的，只是不知净土树从哪里开始变成法国梧桐的，但官方采信了这种说法，就且当是鸠摩罗什种了两棵法国梧桐吧。

清雍正七年（1729），县学训导傅龙标有诗题曰："芒鞋带得一枝春，罗什东来迹有因。无事移根葱岭外，自然挺秀白云津。历来海内无多本，七易原身仍一真。树以土名总是净，禅家妙谛此中寻。"照他的说法，这棵树已经七易其身，死了又种死了又种，一千五百年来已经换过七回了。

就算晋朝以来中华大地上有过两棵法国梧桐，但大规模种植还是要到上世纪初。但实际上，法租界内的悬铃木不是法国梧桐，而是杂交的英桐，即二球悬铃木。只是因为最早是法国人种植于上海的法租界内，习惯上称之为法国梧桐，简称法桐。由此推及，不管一球、二球还是三球，在中国都被称为法国梧桐。

法国梧桐，在中国，人人都知道，好多城市都有几条街种上两排法国梧桐，当夏天枝条展开，浓荫铺满整条街道，走在下面，有"翠云廊"之意境。而当秋天来临，树叶变黄，一派秋景季相，一场雨后，金黄树叶落下，一夜之间造就一条黄砖之路，几疑是在奥兹国历险，踏上绿野仙踪之旅。

法国梧桐最美丽的地方除了浓密的树荫，就是它粉白带豆绿的树干。大多树树干都是褐色深棕色甚至黑色，白皮树不多。白皮松因为它银色的树干而大受欢迎，一向种植在园林里庭堂前，白桦树皮更是成为可以书写的材料。

法国梧桐粉白中带豆绿的树皮，让它带有一种超凡脱俗的俏丽。白和绿，显得它是那样地干净。有不少树的树干会掉皮屑，靠在上面，细细碎碎的树皮渣子沾一身，而法国梧桐就不会有这样的烦恼。

法国梧桐是这样一种美丽的树，在南京、上海、武汉等城市，几乎成了城市的标志。南京的梧桐树高大挺拔，枝条向上，让这个城市有一种轻盈之感；而上海的梧桐树每到春天必修枝，把向上的枝条截去，令横枝平展，在马路中间搭出碧绿凉棚，有拥抱之姿，车行其下，生眷念之感。武汉的梧桐树让这个以盛暑酷热闻名的城市在夏天有了一片阴凉。

电影中的这棵树，枝干细长挺拔，有可能是本土的美桐——一球悬铃木。影片的结尾，男孩终于意识到了茉莉的美好，他想用行动表示友好，他在茉莉家的院子里种下一棵梧桐树的幼苗，也种下了与茉莉的友谊之树。也许在将来，还会成为他们爱情的象征……

暗恋滋味　　木瓜

《Mùi Đu Đủ Xanh》（中译《青木瓜之味》）

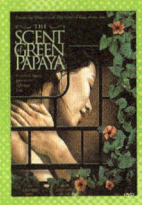

◎片　名　青木瓜之味 Mùi Đu Đủ Xanh
◎年　代　1993 年
◎国　家　越南／法国

◎导　演　陈英雄　Anh Hung Tran
◎主　演　陈女燕溪 Tran Nu Yên–Khê
　　　　　阮如琼 Man San Lu

在花园里，有一棵青木瓜树，青木瓜成串地结在上面。熟了的青木瓜，上面有浅黄色；熟了的青木瓜，像糖一样甜。

熟了的青木瓜，就不能再叫作青木瓜了，熟了的像糖一样甜的木瓜，我们叫番木瓜，简称木瓜。

我们对木瓜不算陌生，超市里总有卖的，金黄色，长卵形，成熟后金黄色的果皮上略有些绿色的晕染和棕色的斑点。比同样是金黄色的哈密瓜要小好多，皮也薄，用手指轻轻摁一下，会摁出一个小坑。这样的木瓜才甜如蜜糖，沉甸甸，捧起来深嗅，有热带瓜果特有的甜香。

热带瓜果，比如木瓜、菠萝、荔枝、香蕉等，熟透的时候，隔着果皮都能闻到它的甜烂的香味。这种香味带有强烈的独家气息，闭上眼睛不用看，一闻就知道，哦这是木瓜，哦这是香蕉，哦那是菠萝。它们的气味里就像是带有甜氛，含糖量高，甜醉香烂，熟没熟透，一闻即知。西瓜橘子这些水果，就很难用香甜气味来判断它们是否熟透、是酸是甜。

在超市可以买到木瓜，去餐厅饭店吃饭，也可以喝到现榨的木瓜汁。城市里一直在流行一个传说，说木瓜可以丰胸美白，于是木瓜汁几乎成了女人的专属饮料，男人要是点上一壶，会被同事们取笑。

木瓜丰胸这个传说，一个是中国人一贯喜欢以形补形，成熟的木瓜颇似丰满的胸部；二是木瓜含木瓜酶和木瓜酵素，可以促进乳腺激素分泌，以为就丰胸了。实际上女性的乳房由乳腺组织、脂肪组织和胸大肌三部分组成，乳腺激素再受到刺激，也不会让脂肪和肌肉多一点。

即使是这样以讹传讹，也不妨碍我们对木瓜的熟悉。除了香甜丰硕的木瓜和蜜黄金色的木瓜汁引人遐想，还有"投我以木瓜，报之以琼琚"的古老浪漫在影响着我们思想，激发我们的联想。

投我以木瓜，报之以琼琚。匪报也，永以为好也。
投我以木桃，报之以琼瑶。匪报也，永以为好也。
投我以木李，报之以琼玖。匪报也，永以为好也。

（《诗经·卫风·木瓜》）

有些诗词句子，一念在嘴里，就能化骨如绵，中人欲醉，仿佛行军途中遇梅林，又似暮春浴沂咏而归，风乎舞雩，春风拂面。这一首卫风也有同样的效果。

"匪报也，永以为好也"，木瓜木李木桃，是读过《诗经》的人都知道的表达爱情的热烈信物。在那个中华民族还是热血少年的年代，在自由的奔放的恋爱的季节，"投我以木桃，报之以琼瑶"，用木瓜木李木桃，就可以换到玉石和琼瑶。情人的爱恋，原是世上

番木瓜　　番木瓜科番木瓜属。常绿软木质小乔木。原产热带美洲，现广植
于世界热带和较温暖的亚热带地区。果实成熟可作水果，未成熟的果实可作
蔬菜煮熟食或腌食，可加工成蜜饯、果汁、果酱、果脯及罐头等。

最珍贵的，别说是玉石，如果有比玉石更坚实更宝贵的，也可以拿来向青春和爱情献祭。

而这些能和玉石一较高下的果子们，时至今日，能分得清的人却不多了。一说起木瓜，更多的人的第一个反应就是那个金黄香甜的木瓜，东南亚菜式里经常用到的青木瓜，那一部青翠得可以滴出乳白色的浆汁的越南电影、那一出温柔绵长细腻舒缓美好得让人看完落泪却又面带微笑的《青木瓜之味》里不时出现的木瓜。

不，这是青木瓜，这是番木瓜，不是华夏族人放进青春舞曲里的木瓜。一个"番"字，就道出了它的来历，它非原产，乃是进口。而青春舞曲里的木瓜，在还没有结出木瓜的时候，当它还是一朵花的时候，还有一个名字，叫贴梗海棠。

贴梗海棠不是海棠，贴梗海棠就是木瓜。因花期和海棠接近，颜色和花形也像，便被俗称为贴梗海棠。因是贴着枝条开花的，为了和有花梗的海棠有所区别，特地叫它"贴梗海棠"。

垂丝海棠也好，西府海棠也好，都结樱桃一样的小果子，果子有着细长的柄；木瓜则是贴着树干结果子，有大有小。小的如弹珠，中的似乒乓球，大的像梨。果如弹珠的是日本海棠，果如乒乓的是贴梗海棠，果如梨子的是木瓜海棠。

贴梗海棠就是皱皮木瓜，木瓜海棠则是光皮木瓜，日本海棠又叫倭海棠。这些通通都可以叫作贴梗海棠，但它们全是木瓜。

现在我们常在庭院和花园里看到这些贴梗海棠们，三四月里，仲春时节，海棠们开着或深或浅、或白或红的海棠花，沉浸在暖洋洋的春光里，蜜蜂在其间嗡嗡地飞。贴梗海棠，是最适合跳一支青春舞曲的花。

木瓜，蔷薇科木瓜属。"投我以木瓜，报之以琼琚。"贴梗海棠，才是《诗经》里男女往还的佳果。

太阳下山明朝一样爬上来，花儿谢了明年还是一样开。我的青春一去无踪影，我的青春小鸟一样不回来。

虽然唱的是青春一去不回来，却没什么哀伤与惆怅，反倒是喜气洋洋。不回来就不回来吧，反正花儿谢了明年还会再开呢。过去的就让它过去吧，未来总在前头。就像《青木瓜之味》，阿梅离开了像母亲一样疼爱她的女主人，又遇到了"投我以木瓜，报之以琼琚"的心上人。

总有人能领会到她的好。那样温柔，那样纯真；那样多情，那样含蓄；那样天真，那样无邪。她宁静美好，给人无限安慰和体贴，如静幽幽的热带小庭院，青葱绿郁，浓荫遮日，有雨林小青蛙在里面生活，有壁虎在其间穿梭，虽然窄小，却自成一方天地。静静的岁月从他们身边流过，少年时的一次邂逅，成年后的朝夕相处，一点一滴，如摘下的青木瓜果柄上淌下的乳白色汁液，浓得化不开，慢慢滴下来，汇成一种情绪。

她两次穿上新衣，都是为了这个人。在她十岁的时候，她是新来的小女佣，他是偶尔来做客的邻家少爷，她穿上红色短衫，端上亲手做的菜，放下后抿嘴笑着退下；在她二十岁的时候，他是她的主人，她穿上原来女主人送给她的成年女性才穿的长裙"奥黛"，是喜庆的红色，需要一抹口红来点唇。

而他，则在线谱上画她佛像一般端重含蓄的脸和柔美温婉的笑容。她和他像捉迷藏那样在屋子里躲避寻找。他找，她躲。他藏，她寻。蓦然抬头，伊人就在眼前。忽闪的眼神和忐忑的心情都在彼此的面前，这样的情愫，哪里会误读。

青木瓜的滋味如何呢？是她亲手做的呀。在花园里有一棵青木瓜树，树叶婆娑青翠，摘一个青木瓜下来，轻轻刨去皮，细细斫成丝，薄薄削下来，少少抓一撮，放在碟子上，摆上腌肉脯，淋上酸辣汁，捧到他面前。

而他呢？教她识字呢。"在花园里，有一棵青木瓜树，青木瓜成串地结在上面。熟了的青木瓜，上面有浅黄色，熟了的青木瓜，像糖一样甜。"她念几句，把指头放在字下，他用笔轻敲一下。他念，她写："我们养了一只狗，养了三年，它的身子很长，脚很大，耳朵很大。"她写几个字，越写头越低，他扶一扶她的下巴，纠正她的姿势。

她怀孕了，穿着金黄色的长裙——丝绸质地的"奥黛"，盘起了发髻。她念书给他听，他弹钢琴，曲调轻快如青春舞曲，跳跃着的不止是琴键，还有被爱情滋润的心房。她的脸，像佛像一样端庄，她的笑容，像佛像一样福泽。

她念："泉水躺在石洞中，轻轻地闪着微光，地面的震动，产生了强烈的波纹，在上面组合成一个不规则的旋涡。如果有一个动词能表示'和山地移动'，在这里就应该用这个词。樱树，在影子中被抓住、展开、卷起，跟随着水的节拍摇摆着，但有趣的是，无论怎么变化，还是保留着樱树的形状。"她轻轻哎哟一声，那是一次胎动。

青木瓜的滋味，很清很甜。

虽然青木瓜是番木瓜，但这个故事，恰恰在解读和注释那首古老的《卫风·木瓜》。

童真岁月　　秋明菊

《おおかみこどもの雨と雪》（中译《狼的孩子雨和雪》）

◎片　名　狼的孩子雨和雪　おおかみこどもの雨と雪
◎年　代　2012 年
◎国　家　日本

◎导　演　细田守

这部日本动画电影讲述了一个狼人与人类女性恋爱结婚生子的故事。按说这样的故事可以拍得很凄厉，也可以拍得很暗黑，就像这两年大红大火的《暮光之城》、《真爱如血》、《吸血鬼日记》等。跨越种族的爱必然要突破种种限制，磨难不断，来自本种族的、异种族的、人类的、不人不鬼的、狼人的……一对情人几次三番眼看要成好事，半路又杀出个什么异类来，硬是再生枝节，剧情又再加一季。不然，种族的设定就是多余，一个狼人和一个姑娘一帆风顺地一见钟情恋爱了住一块了，那就连普通的纯爱故事的波折都没有了，还能叫跨物种恋爱吗？

　　电影里这个故事却一直到姑娘"花"生下两个孩子雪和雨时才出现了转折——狼爸被人打死了，尸体变回一头狼，落在城市的明渠里，被市政管理人员捞起装上车带走。花背上背着雪怀里抱着雨在一个下雨天里看到这一幕，伤心得跪倒在雨地里。她甚至不能靠近狼爸，她能怎么说呢？

　　可能是人类早期的生存状态就是与狼等野生动物抢夺资源和地盘，狼人的故事总会出现在北半球人类的传说中。在西方世界，狼会变成人，吃掉美丽的穿红披风戴红帽子的少女；在美国西部的拓荒故事里，狼与人没那么亲密的关系，他们的出现伴随着的总是一个村庄的不安：失踪人口、血与尸体。最后有一个头戴牛仔帽靴子后跟有马刺的牛仔用一枚银子弹射穿狼的心脏，结束它的生命。在美国文化中，狼人害怕的是银子弹，就像欧洲的吸血鬼害怕圣水十字架和大蒜一样。

在中国，狼除了一样要吃人，也有浪漫一点的传说。这传说中狼不会变成男狼人与美女谈恋爱，也不会变成人就为了方便些去吃人；相反，狼会养大人类的婴儿，这可能是和《道德经》上说的"比于赤子，毒虫不螫，猛兽不据，攫鸟不搏"的宇宙观有关。

传说中这个孩子长大后回到人类世界，被称为狼孩，多半身有异术。与狼有关的故事其实是这个狼孩的故事，而不是会变成人的狼的故事。我们有的是狐狸成精变成人，没有狼人。听众非常愿意听狼孩具有怎样的异能，有怎样的奇遇，这其实是武侠小说的扩大版。著名的例子是《白发魔女传》。

而在这个日本故事里，狼爸温柔多情得令人心痛。狼的孩子雪与雨又是淘气可爱得"萌"，到他们长大进入少年期，雪变得固执，雨变得偏执，狼爸的温柔性格没有一点遗传到这一双狼子的身上。他们要面对的，是成年后的归属问题：选择做狼还是选择做人。狼性大于人性，选择做狼；人性大于狼性，选择做人。一旦决定，就不能改变。

两个孩子做出不同的选择。

这个抉择不容易做，而花妈妈的无限支持更是让人心酸。辛苦养大的孩子，一旦失去，就永远失去。她太知道孤独对一头狼来说意味着什么。这将是日本岛上最后一头草原狼，它不会有配偶，不会有家庭。而狼，它本该是群居动物，它们的本性就是一个种群要聚在一起，成为草原的主人。但这些都不会出现，未来的几十年，风霜雨雪，它都将是只有自己一个，连个遮风蔽雨的地方都没有。当妈妈的如何能舍得？

这部动画片里，爱情是纯净美好，狼性是忍耐坚强，母性是博大宽广，世界是如此多姿多彩，且可以自由选择。不带仇视，没有成见，这样的故事，才是儿童时代最好的朋友。童真岁月里，只需要这样的朋友，不需要说教，比如中国的传统儿童故事《二十四孝》，那种严重扼杀人性的伦理观，除了宣扬仁义道德吃人的残忍，看不到任何光辉。

秋明菊出现在这部电影中，不止一次。片头女主角花出现在山坡的花海中，有秋明菊；片子进行到一半，花和一双儿女到了山里隐居，也有一片秋明菊。插在清供给狼爸的玻璃瓶子里的四时轮开之花里，也有秋明菊。这部电影里出现得最多的植物就是秋明菊，如果不算花种下又收获的土豆的话。

日本的动画里通常会充满植物的元素，那些定格下来的单幅画面，花朵与草木，云影和天光，水面和倒影，都会让人觉得绘制者的心里充满了对自然的爱与关怀。我不是日漫迷，看的片子不过是有名的几部，但就是这么少的量，就可以感受到他们的爱物之心。

在宫崎骏的电影《千与千寻》中，汤婆婆的院子里有盛开的紫阳花，千寻与小白吃饭团的场景背后是一片紫色的豌豆花，千寻在花丛中奔跑的那一幕，美得令人窒息，那是红花与白花的夹竹桃……

在另一部宫崎骏编剧的电影《借东西的小人》里，植物更是多到数不过来，那盏用柠檬皮做的灯罩，想必一开灯就会随着灯泡的温度散发出柠檬香。

难得的是这些动漫作品中花草的还原度极高，好像作者是在对植物进行了一番素描后才有那么自然的状态出现在画面里，那真的需要作者对植物有极好的知识储备，和发自内心的喜爱。

而《幽灵公主》里，进入铁器时代的日本先民为了冶铁砍下成片的森林，森林的保护神现身，要亲自惩罚过度掠夺的人类。作者在这个片子里对自然的爱护之情一目了然，当保护神越变越大时，心中的难过也随之增加。人类因为自身的贪婪终有一天会被自然报复，到那个时候，人类在自然面前将无能为力。

日本人显然是意识到了这个问题，他们不遗余力地保护森林和植被，森林覆盖率高达67%。而中国，2005年的时候是18.21%，到2009年提高了些，有20.36%，和日本相比，绿得很惨淡。1998年夏天，我去九寨沟旅游，从北川到茂县，一路上都有解放卡车与我们的旅游车错车，卡车上运的全是粗大的木材，原始森林的大树被砍伐下来，源源不断地运出山去。这一路都遇上塌方，在离开九寨沟后几天，新闻里就是长达一个多月的抗洪救灾专题节目，这一年的大洪水，被称为百年不遇。"98年特大洪灾"深植在记忆里，伴随这个记忆的，是从茂县开往北川的载满木材的解放牌大卡车，一辆又一辆，首尾相连，没有断过。

随后的十多年，是各地此起彼伏的圈地运动，农田和村庄一点点被蚕食，成为工业用地商业用地和住宅用地，在这种情况下，森林面积会增加，都会觉得奇怪了。有这样对自然对生态丝毫没有敬

打破碗花花·　日本称秋明菊、贵船菊。毛茛科银莲花属。
多年生草本。银莲花属植物均无花瓣，大而美丽的部分是萼
片。图为栽培种。

不要摘，摘了回家打破碗。——打碗花偷偷笑了。

畏心的社会现状，就会出现对自然漠不关心的电影人。日本的电影人在电影中体现出来的对自然的爱与关怀，在中国电影里从未出现过。能够出现的，只是雷死人的情节和台词，如电影《画皮Ⅱ》中，女主角指着两朵长春花说："好香的杜鹃花啊。"

一句话出现两个错误，也是需要点水平的。一，误指长春花为杜鹃花。二，就算是杜鹃花，也是不香的。杜鹃花啊，中国十大名花之一，哪座城市哪个公园里没有杜鹃花？在成本超过 1.2 亿元的大制作中，出现这样的低级错误！

秋明菊是日本人的叫法，属于毛茛科银莲花属打破碗花花组。这一组的植物约二十余种，分布于亚洲、欧洲和南北美洲。中国有七种，这 7 种里，我认识并见过的，有打破碗花花、大火草和野棉花，这三种花像得不得了，很难区别。而且这三种植物花瓣状萼片落后，果实上都密生白色绒毛，酷似棉花，所以在民间都被称作野棉花。

日本人认为秋明菊源于日本，据说在京都的贵船一带遍生秋明菊，因此又叫贵船菊。

打破碗花花这个名字很奇怪，又易和打碗花搞混，后者是旋花科打碗花属，全国各地山坡草丛中最常见的粉红色小喇叭花就是这个打碗花，有的地方如江苏叫小旋花。据说打碗花的根状茎有毒，大人们怕小孩子乱掐花乱吃花，就吓唬说碰了这个花就要打破碗，因此叫打碗花。

秋明菊在日本文化里是很嗲很可爱很卡哇伊的，出现在动画电影里，配上剧情中两个狼的孩子在秋明菊花海中奔跑，真是一幅可爱的图画。而孩子们的妈妈花，躺在秋明菊上，也是纯然的少女模样，那是她还和狼爸谈恋爱的时候，还只是一个学生。与秋明菊相关的画面中的花，始终是少女，秋明菊在这里，象征的是甜美的爱情。

进化之路　　鬼兰

《Adaptation.》（中译《改编剧本》）

◎片　名　改编剧本 Adaptation.
◎年　代　2002 年
◎国　家　美国

◎导　演　斯派克·琼斯 Spike Jonze
◎主　演　查·考夫曼 Charlie Kaufman
　　　　　苏珊·奥尔琳 Susan Orlean

如果一个人有幸能见到鬼兰，那其他事情都会黯然失色……它让人年复一年，不惜跋山涉水，只为一亲它的芳泽。

如果一部电影以上面的台词和兰花的采集开始，那么观众会以为这是一部小众的探讨自然与人的关系的自我求证的文艺风光片。

如果这个时候一个肥胖的发薄西山的中年男人开始唠叨他的事业瓶颈，姥姥不疼舅舅不爱，自我否定到不敢向喜欢的女友表达爱情，观众会认为这是一部有关男人中年危机的自我求证的文艺闷片。

如果这个时候一个《纽约客》的女记者带着一身大都会的烙印去采访一个衣服邋遢头发油腻还缺了两颗门牙的精瘦男人，并且随他去热带沼泽去探寻一朵神奇的鬼兰，那么观众会认为这是一出突破偏见、捐弃身份、藐视地位、踢开外貌协会，只为追求灵魂伴侣的浪漫爱情喜剧，还加了点探险的元素，类似80年代的大红系列片《鳄鱼邓迪》。故事的末尾会是美丽的女记者放弃大都会的时髦生活，跟西部牛仔一样的男人隐居丛林，那么这是一部自我否定与自我求证的审视心灵与灵魂的文艺爱情片。

如果这个时候出现一个电影片场,一个痴肥的秃顶的中年男编剧被制片人炒了鱿鱼,那么观众会认为这还是一个有关中年危机突破自我寻找人生真谛的小成本制作文艺片。

如果以上的开头全部打乱混在一起同时向观众扑来,观众会以为这是个三头六臂的怪物,留下一句骂,扔掉爆米花,起身离开,电影院会响起一阵劈劈啪啪翻椅子的声音。

电影《改编剧本》就是这么一个三头六臂的哪吒,他脚踩风火轮,身披混天绫,手持火尖枪,脖挂乾坤圈,唰的一下就来了。观众眼花缭乱来不及细看这么多头到底从哪里看起,故事已经不合逻辑地展开了。

为什么单挑兰花呢?兰花世界太过庞大了。全世界的兰花大约超过两万六千种,几乎是植物界品种最多的一个门类。研究兰花是无穷尽的,花上几辈子的精力和时间也不过只能看一眼它的神秘。任何一种兰花研究下去,都有可能是一辈子的事情。

兰花大致分三种,一种地生兰,也就是国兰,春兰秋菊的那个兰;附生兰,大多数的热带兰花都属于附生兰;还有一些腐生兰。附生兰大多原产于热带,攀附在树枝或岩石上,通过叶片和气生根获得营养,栽培它们需要特殊的混合培养土,在冷凉地区必须在温室栽培。

那么就先从这个很少见的鬼兰说起吧。

电影中在故事情节还没有变得太过离奇的时候,苏珊怀着好奇和尊敬的心情问过还一本正经像个"植物猎人"的约翰一个问题:"我想知道当你热情地关爱着某些事物的时候,会有怎样的感觉呢?"

鬼兰　　附生兰。多年生草本。多生于林地沼泽，没有叶片，利用自身的根进行光合作用和水分的吸收。目前十分稀少，已被列入《濒危野生动植物种国际贸易公约》。

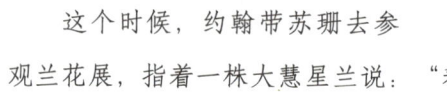

地中海沿岸的角蜂眉兰是靠模拟雌性角蜂以吸引雄性角蜂进行繁衍的。

　　这个时候，约翰带苏珊去参观兰花展，指着一株大慧星兰说："看到这垂下的花蕊蜜腺了吗？达尔文在 1862 年首次看到这种惊为天人的花朵，并且正确辨别出由于这种花蜜储存于一个很长的花距内，因此传播花粉者必须具有极长的吸管。起初没有人相信他的说法，直到五十多年之后，鹰蛾－马达加斯加天蛾才被发现。人们才相信达尔文的假设是正确的。"

　　这样偏门的知识，自然会赢得苏珊的芳心，女人一向崇拜英雄，倾慕有高深学问的男人。眼前这个男人，虽然貌不惊人，但学识渊博、经历奇特、胆识过人，几乎是又一个印第安那·琼斯（《夺宝奇兵》的男主角）。虽然相貌不如哈里森·福特，但一身是胆的劲头很像。又会用温柔的语调说出兰花的知识，那低声絮语的调子，就像是在苏珊的耳边调情。苏珊情不自禁被他吸引，忘了纽约的家中还有同是编辑的丈夫。

　　而约翰说的内容又确实带着诱惑性："每种花跟替它授粉的昆虫都有种特殊的关系，某些兰花长得和一些昆虫很像，昆虫就会被花给吸引。双向的沟通，就像灵魂伴侣般，除了想和它做爱以外，不作他想。"

这一段台词，准确地说明了兰花的进化之道。

在达尔文时期，一般人认为这些来自热带异域的花朵之所以长成这个样子，是为了吓跑昆虫。而事实恰恰相反，它们进化成那个俊俏模样，就是为了吸引昆虫，让它们误以为眼前的这个色彩鲜艳的小妖精就是它们一直在寻找的雌性同伴。它们有着和昆虫们一样的花纹、一样的斑点、一样的曲线、一样的绒毛，甚至一样的外形。它们亭亭地停在那里，就等着性急的情人们来造访。

这个雌性同伴是那么地可心，不矫揉造作，不欲迎还拒，不挑三拣四，不玩任何花招，迎风摆动，露出最美的笑容，展开温柔的怀抱，拥吻殷勤的造访者。一旦有情人驻足，小妖精就又是花蜜又是花香地招待，一定要让情人留恋不去，陷入花朵们的情网。昆虫们误入迷魂阵，在醉人的花香和甜蜜的花腺里，造访了一个又一个，飞过一朵又一朵，把这朵花的花粉带进另一朵花的花粉里，替那些不会移动的小妖精们完成了授粉这一神圣的生命节奏。

生物学家把这种行为命名为"拟交配"。雄性昆虫被与它相似的花朵所吸引，在试图交配的过程中，雄性昆虫替兰花完成了它们不能完成的任务，而做出这些引诱形为的兰花则叫"淫兰"。

如果作风保守的达尔文时期的人们听到"淫兰"这个词，只怕有无数的夫人小姐会晕过去。她们本来以为一朵美丽的兰花长成古怪的模样是为了吓走昆虫，以便贞洁地进行繁殖。哪里知道这些"贞洁"的花儿们会这么不知羞，敞开怀抱欢迎入侵者的到来。

所谓进化，所谓生命的秘密，周而复始，历尽艰辛，百折不回，穷尽智慧，为的无非就是一个目的：繁殖。

鬼兰，又名幽灵兰，英文名为 ghost orchid，它生长在潮湿阴暗的沼泽之中。1844年，比利时人吉恩·朱尔斯·林登在古巴发现了这种兰花。它仅仅依靠扁平的根依附在别的树干上，没有叶片和茎。不开花的时候，在森林中和它依附的树干浑然一体，开花时，宛如从雾中诞生，倏忽而至，瞬息而没。

鬼兰曾经一度被认为已经绝种。多年以后，佛罗里达沿海的沼泽中又发现了鬼兰。生物学家认为这些兰花是从中南美洲由风或鸟类带来的兰花种子漂洋过海播撒在佛罗里达而形成的。

鬼兰的存在，唯一与剧情挂得上钩的情节，就是它可以制造毒品。电影在差不多快结束时，查理和唐纳德跟踪苏珊来到约翰的温室，看到那里的情景被惊呆了。那么珍贵稀罕的鬼兰被约翰成功繁殖，一盆一盆无精打采的，都在开着花，不再像个幽灵，不再令人惊奇，它们气息恹恹地等着收割，成为约翰制作毒品的原料。而约翰，也不再是电影一开始时那个充满谜团的英勇无畏的印第安那·琼斯，而是一个卑劣的小人。

剧情发展至此，几个翻转，人物早已经变形走样，偏离了开始时的轨道，但故事变得吸引人了，它有了一切成功的元素：探险、人性、吸毒、奸情、追杀、死亡。剧情大翻转，作为主角之一的鬼兰同样也大翻转，于是故事的表面（比如苏珊和约翰，查理和他分裂出来的唐纳德）和故事的灵魂（比如鬼兰）在这里有了巧妙的暗合。这才是人性，是深埋在灵魂深处的人性，那些开始时表现出来温良恭谨让，被平庸的生活遮盖住了，只有到了绝境，面临生死抉择，才会暴露出真正的人性来。——自然会有人这么说。

故事要怎样才能吸引人？故事要怎么才能做到三分钟一个小高潮，五分钟一个中高潮，结尾又来个大高潮，以及高潮之后的反高潮？这个电影，真正是给想做编剧的人开一堂公开课。

近两年编剧市场大火，有多少作者都改行做了编剧，"麦基课程"也不远万里来到了中国，编剧教科书《故事》几乎要人手一册了。多少作者多少编剧把这本书当作了武林秘籍，看了又看，希望能练得好武艺，下山一招惊天下。

但故事无非就是这样，在一定的时间长度内，几个大翻几个小翻，讲完一个绞尽脑汁编出来的故事，自以为有多么独到，可以一剑封喉。但说了归齐，它就算是珍贵得不得了的鬼兰，也不过是约翰温室里的大白菜，纵然开出鬼魅一样花朵，其结局却是用来制造毒品的原料。

就像是好莱坞的电影，可以批量可以复制，万变不离其宗，都是精神世界的麻醉品。

乡愿之德　　鲁冰花

《鲁冰花》

◎片　名　鲁冰花
◎年　代　1989 年
◎国　家　中国

◎导　演　杨立国
◎主要演员：黄坤玄
　　　　　　于寒
　　　　　　李淑桢
　　　　　　陈松勇

在十多二十年前，央视的春节联欢晚会还是很受人爱戴的，那时候的人没那么挑剔，也没有台湾的《康熙来了》、湖南台的《快乐大本营》，以及后来的"超女"、"快女"、"超级真人秀"、"中国好声音"。中央台一枝独秀，独步天下好多年，春晚成了一道年夜饭上的压轴大餐，从晚上八点直吃到过了子时，撑足撑足的，要到放了鞭炮，唱完《难忘今宵》才算圆满。

　　二十二年前，1991年的央视春晚，台湾女歌手甄妮身穿白色晚装裙走上了舞台。这条裙子上面钉满了闪烁的银片，垫肩，束腰，长袖，下摆收紧，前开衩带弧形，高贵优雅。裙子上的亮片随着她的走动一闪一闪，女人味十足，风情万种。比起88年在春晚上亮相的毛阿敏的亮黄色裙子，同样是垫肩束腰紧下摆，不知高级了多少。比起来，毛阿敏的裙子是淘宝款，甄妮的裙子是高级定制。毛阿敏穿了像钢铁战士橄榄球手，甄妮穿了像女人。

　　当年的甄妮一上台，一个婀娜的背影，几个细碎的步子，就吸引了所有人的目光。原来女人还可以这么温婉妩媚、柔情似水，原来女人不都是硬邦邦像红卫兵。台湾女人带来的柔媚之风，刷新了大陆女人的眼界。那英不再声嘶力竭学苏芮翻唱《一样的月光》，而是改换门庭签了台湾滚石唱片用气声演唱小女人情歌，王菲告别摇滚乐队去了香港唱《我是容易受伤的女人》。

那时候还只是朦胧觉得她们是完全不同的女人，和大陆女人高音调大嗓门儿说话像吵架吵架像骂街，像是两个星球的。她们说话就是那么嗲，那么糯，那么轻言细语，那么和颜悦色，用词是那么文雅，语气是那么委婉。二十年后大陆居民去台湾旅游，仍然被他们的温文和善打动。感叹那种温文原来是发自内心的，是从小养成的，是整个社会普遍的现象，而不是个别女明星在撒娇装嗲，好比林志玲。台湾保留了大陆人民早就陌生了的生活的艺术，和优雅地活着的良好的修养。他们秉承着儒家的传统美德，这些美德，在大陆这边革命化军事化的三十年的历史中，被当成毒草，扫进了垃圾堆。

1991年的春晚，当甄妮唱起《鲁冰花》，电视机前的人无不被打动。"天上的星星不说话，地上的娃娃想妈妈，夜夜想起妈妈的话，闪闪的泪光鲁冰花。"

那时也不知道鲁冰花是什么花，为什么"爷爷"想起了妈妈的话，要泪光闪闪啊鲁冰花。直到几年以后，在上海延安西路上的儿童艺术剧场上演这部儿童电影《鲁冰花》，才知道原来鲁冰花是一种生长在茶园里的植物。当地乡民茶农在茶园的茶树垄间种鲁冰花，它的气味可以驱赶来啃食茶树嫩叶的虫子，等冬天叶片枯萎，翻进土中，变成绿肥，便是茶树的养分。

当年甄妮一曲《鲁冰花》唱罢，马上变成儿童歌曲在市井传唱，这首歌的副歌部分在晚会上便是由童声唱出，成为儿歌一点不奇怪。

当时曾有人说，这首歌就只有孩子唱的这段好听，甄妮的那段主唱部分完全多余。过了很多年回想起来，才发现连这说话方式都那么"文革"化，武断、粗鲁、蛮横，不容辩驳，不懂宽容，不事修饰，典型的攻击性语言。

当手中握住繁华／心情却变得荒芜／才发现世上一切都会变卦／当青春剩下日记／乌丝就要变成白发／不变的只有那首歌／在心中来回地唱……

这是何等悲凉的心境，何等美丽的诗句，只有看过了足够多的人生，才有这样透彻的感悟。在过后许多年，才知道这部电影的编剧是自称"老先生"的吴念真。

"吴念真老先生"这个名字，在新浪微博上有46万之众的粉丝，他曾经成为话题，在微博上热闹了几日。

起因是《读库》的微博曾经转载过他的一篇文章，一个出租车司机的故事。故事讲一个台湾男人，在生意失败后改行当了出租车司机，一天在飞机场接了一位女客，他认出这位女客就是过去的女友，当年他为了娶一名富家女，抛弃了同甘共苦的她。前女友坐在后座，开始分别给丈夫女儿母亲打电话，最后放下电话说：我已经告诉了你我这二十年的生活，你就一句问好的话都没有吗？

我曾为这个故事感动过，最感动的不是末尾这一段，而是他和前女友分手后，前女友的妈妈熬好了一锅汤上办公楼来看他，一边打他一边哭着说："你是个坏人，我再也不煮饭给你吃了。"

《读库》转了这篇文章后，大受欢迎，于是又转了一篇"吴念真老先生"的文章，并且评论说，"其实我更喜欢这个故事，'那才是知识分子的典型'。我们往往习惯的是，把真话说得像针扎，把占理的事搞成不讲理。"

这是一个什么故事呢，可以让《读库》的编辑这样感动？

文章写作者小时候有一次给姑姑念信，信是姑姑女儿的男朋友写来的，说很感谢上次你们的款待，但是老虎再毒也不吃自己的孩子。姑姑听了就大哭，用头撞墙。原来他们这个矿区的人家，女儿长大了，就去城市或工厂或妓女铺打工，挣钱，帮助父母，养活弟妹。姑姑的女儿在妓女铺遇上好男人，愿意娶她，带回家来，姑姑说，再忍耐几年，等弟妹都长大读完书，你再结婚好不好？姑姑的女儿哭着说好，回到城里，和男友分了手，继续做妓女。过几年，又带了一个愿意娶她的男人回来，姑姑还是这样说。姑姑的女儿哭着，和这个男人又分了手。于是这个男人回去后就写信给姑姑，说：虎毒亦不食子。

姑姑听完信撒泼打滚撞墙痛哭咒骂，女人都劝她，又说作者小朋友看错了乱讲。一个精通文墨的人看了信，对大家说，信上没有这句话，信上说的是，不管怎样，他都等。于是大家放心了，都骂作者小朋友，而作者小朋友委屈得不得了。

过了两天，这个精通文墨的人对作者小朋友说：你没有看错，但是要知道，话可以这样讲，也可以那样讲。你姑姑的女儿会不会嫁给这个男人，这个男人又会不会等，谁都不知道。既然谁都不知道，那就慢慢等嘛。你干吗要讲那个"虎毒亦不食子"，让你姑姑去撞墙？万一死了不也是多死一个

羽扇豆　　豆科蝶形花亚科羽扇豆属。多年生草本。羽扇豆的种子苦涩异常，因此它的花语是：苦涩。

吗？

作者最后说："长大了才知道，那才是知识分子的典型。他不但知道如何奉献，还知道传承，还知道在这个过程中把苦难转化。"

此篇一出，顿时哗然，微博上责骂声、质问声一片。责骂和质问的声音总结成两句话：

一，《论语·阳货》："乡愿，德之贼也。"

二，《狂人日记》："我翻开历史一查，这历史没有年代，歪歪斜斜的每页上都写着'仁义道德'几个字。我横竖睡不着，仔细看了半夜，才从字缝里看出字来，满本都写着'吃人'两个字！"

吾友吴十六说：绅士与读书人，就是这样坦然看待压迫弱女事的么？我回复说：他们还知道如何占少女身体的便宜，借着奉献和传承的大旗，笑嘻嘻逼良做娼。好优良的传统，好典型的知识分子，好美满祥和的苦难转化。吾友蒋胜男说：胡兰成范儿，就是把无耻的事残忍的事用温良敦厚的外表包装好，刷一层粉表示美好。其实那个母亲深知自己是在啃食女儿，所以听到被揭破就被刺激到了，但是绅士们帮她和谐平静下来继续啃食女儿。

……

但是，平心而论，真不能怪责作者，他就是在这样的社会里长大的。我们已经习惯于硬邦邦地为人，硬邦邦地处世，理解不了文中姑姑的女儿那样的温良恭俭让和逆来顺受。像鲁冰花一样，青春年华时为茶园驱赶虫子，老去枯萎后还要被犁进土里，变成肥料。

鲁冰花，学名羽扇豆，豆科，蝶形花亚科，羽扇豆属，多年生草本，掌状复叶。羽扇豆的根有固肥的作用，在台湾的茶园中广泛种植，当地人称为"母亲花"。台湾人叫它"鲁冰花"，是采用了音译（羽扇豆学名 Lupin）。而在希腊文里，Lupin 是悲苦的意思。

——用在鲁冰花和吴念真老先生笔下那个姑姑的女儿以及他的家乡、那个矿区里其他的女孩们身上，真是太准确不过了。

但是关于鲁冰花，除了悲苦，还是有欢乐的回忆的。

小时候看挪威动画片《鼹鼠的故事》，小鼹鼠在森林里欢乐地生活，它小小的身体旁边、画面背景里，都是花草的影子。当我第一次看到羽扇豆，看到它的花和叶子，就惊呼说，这不就是小鼹鼠里出现过的吗？原以为是新交，没想到是旧识。

小鼹鼠背后那掌状叶片，可不就是羽扇豆的掌状叶片吗？

乌托之邦　　大麻

《The Beach》（中译《海滩》）

◎片　名　海滩 The Beach
◎年　代　2000 年
◎国　家　美国／英国

◎导　演　丹尼·鲍尔 Danny Boyle
◎主　演　莱昂纳多·迪卡普里奥 Leonardo DiCaprio
　　　　　维吉妮·拉朵娟 Virginie Ledoyen

2012年12月5日"中央社"报道，备受瞩目的美国华盛顿州娱乐用大麻合法化即将生效，但美国联邦法仍将持有、贩卖大麻均列为违法。新法规定，华盛顿州所允许的娱乐用大麻，使用地点仅限于私人住家，在公共场合是禁止的。

　　此前两个月，2012年10月5日，央视新闻报道，在美国芝加哥南部近郊的芦苇丛中，竟然种植着成片的大麻，面积有两个足球场那么大。10月2日，芝加哥警方在用直升机例行巡逻时才发现这个深藏在芦苇丛中的大麻种植地。据保守估计，约有一千株大麻，这些大麻的每年产值，约有七十五万到一百万美元。警方表示，作为专业的缉毒机构，他们也没见过如此规模的大麻地。今年年初，芝加哥警方宣布，警方对持有少量大麻的人只罚款而不再执行刑事处罚。

　　美国从60年代嬉皮文化兴起，年轻人吸食大麻就成为流行文化的一部分。那时候他们最时髦的行为就是披块破毯子，留着长发，跑到印度尼泊尔这些佛教文化兴盛的地方离群索居，吸食大麻，打坐冥想。

苹果创始人乔布斯就曾经是一名这样的嬉皮士。中学二年级他开始接触大麻，经常吸着大麻读名著，十六岁时，乔布斯用两大特征——个人主义价值观和齐肩长发宣布自己正式成为嬉皮士的一员。乔布斯曾说："有一天，我们特意到一块麦田吸迷幻药，突然间，我感觉整块麦田都在演奏巴赫的乐曲。那一刻我非常兴奋，感觉自己就好像在指挥交响乐队演出。"

吸食大麻和迷幻药几乎成了战后"垮掉的一代"的一个标志性符号，在著名的电影《阿甘正传》里，阿甘的女友珍就曾经过着那样的生活。长的披肩发，牛仔喇叭裤，素面不施任何脂粉，戴麻绳串石头或羽毛的长项链……

知道这样的大背景后，就不会对《海滩》里的情节感觉突兀了。莱昂纳多·迪卡普里奥在1997年的《泰坦尼克号》一举成名后，年少颜正身材健美的他在2000年拍了这部《海滩》，讲述的正是一个美国青年 Richard 和另外一对法国情侣到泰国寻找一处世外桃源又离开的故事。

故事中那个孤悬海上的海岛上住着一群远离社会的年轻人，他们自给自足，建房舍，住长屋，捕海鱼，轮值日，一派共产主义理想社会的乌托邦模样。与他们为邻的是另一群隐居者，泰国当地人，黑沉沉的面孔，穿迷彩服持 AK47，全神戒备严防死守放哨站岗，决不放任何一个度假客上岛。这一群人与前面这些嬉皮士不同，他们不是厌倦了西方文明社会的喧嚣繁杂寻求一块净土建造自己的伊甸园，而是躲在这个海岛上种植大麻。当然嬉皮士们也种植大麻，他们依靠出售大麻以换取粮食和生活必需品。

漫山遍谷的大麻，就那样在风里吹着太阳晒着，绿油油郁葱葱

大麻 桑科大麻属。一年生草本。通常所说的可制造毒品的
大麻，是指印度大麻中一种较矮且多分枝的变种。

茂茂盛盛，跟美国最常见的玉米田一样。作为大麻吸食者，见到如此盛况，怎么能不惊奇？就好比饥饿的人看见了满仓的大米满囤的小麦，他们知道来到了他们想象中的天堂。他们从此过上了一心向往的天堂一般的日子：没有等级没有异己，有工作一起做，有大麻一起吸，唱歌跳舞阅读学习，遵守规矩友好相处，乌托邦就在此实现。

在这样的乌托邦社会里，一定要有大麻才能保证长治久安，不然，这么多的年轻人在一起，如何才能不让他们被荷尔蒙的冲动所控制，做出一些违反社区规则的事情？只有大麻才能让这些不安分的灵魂和肉体暂时安分守己，牢牢遵守社区规则，在大集体里做一个能够被大家接受的人。大麻的迷幻作用让他们轻肉体重幻觉，身外物真的成了身外物，什么房子车子票子妻子孩子娘老子都不在他们考虑的范围之内，他们唯一需要拥有的就是一副健康的身躯。一旦失去这个，下场会变得很惨。

一个青年被鲨鱼咬死，另一个青年受了重伤。他的呻吟声让群体不安，他们为了恢复以前的安宁平静，做出的决定不是送他回陆上求治，而是抬在担架上，扔在森林里，任他自生自灭。当这个青年在森林里哀号的时候，他们在仙境一样的海滩上重新组织起了沙滩排球赛。什么也不能阻止他们娱乐，包括死亡。这样没有同情心的一群人，这样麻木的心灵，也许就是长期吸食大麻造成的结果吧。

当 Richard 回到文明社会，第一件事是找到一家网吧，登录他的邮箱，看见的是他父母给他寄的信。他没有打开，而是点击另一个有照片附件的邮件，那是法国女孩 Franoise 寄给他的，照片是他们在海滩前的合影。照片上所有人的脸上都带着灿烂的笑容，拍照片那个时候，Franoise 还是他的爱人。

Richard 看着照片笑了，好似很满意这次的寻找仙境之旅。他去过海滩，他找到过天堂，他从险境里全身而退。在这一趟旅程中，他有过一个爱人和一个情人，两个女人都喜欢过他，他知足并且得意。他已经把因他而失去的几条生命抛弃在了身后，彻底遗忘了他们。

有一部美国的纪录片介绍了大麻的来历。片子里说大麻两千多年来一直存在于人们的生活中。据统计，全世界吸食大麻的人达到二亿。大麻最早的应用可以追溯到中国，用于手术中的麻醉药。在美国很长时间里，都是作为做绳子的纤维原料以及鸟食而被种植。它是许多农场上的必种之物，包括伟人——乔治·华盛顿和他的母亲伯农·法姆，也种过大麻。

大麻最初来自中国，名叫"发光者"，后来种子传到了印度，在那里作为人们的香烟吸食。大麻在完全成熟前叶子上长有尖刺，为了在不破坏植物的情况下采摘下成熟的叶子，奴隶主用鞭子驱赶奴隶赤身裸体在大麻丛中奔跑，凡是刺在他们身上的东西，都会被挑下来捣碎，用来制成大麻一类的东西。

在美国，大麻用于医疗始于 19 世纪 40 年代，在 1973 年合法化之前，已经被很多代的医生使用着，用来对付传染病、流行病、疑难杂症、令人痛苦不堪的病症，还被用作春药。直到 1930 年代之前，美国政府没有人出来制止大麻。1937 年，迫于社会压力和麻醉药品管理局的要求，国会通过了《大麻税收法案》，持有大麻被定为犯法。

一物是好是坏，端看使用者怎么去用。

一直到现在，正因为它在美国的历史是这样地起伏，先是开后是禁，有市场有需求，才有人不断涉险，在芦苇丛中甚至在屋顶上和家里种大麻。

这部纪录片里说，大麻在中国名叫"发光者"，我估计这个名字是从"火麻"而来。在中国古代，火麻用处非常之大：剥麻收籽，麻作纤维，编绳织布；麻秸秆白而有棱，可为烛芯；子可榨油，也可入药，它甚至可以治秃发。

需要注意的是，中国古代称"火麻"的大麻，和用来制作迷幻剂的大麻是两种。习惯上把纤维和油料用大麻叫纤维大麻，后者叫麻醉品大麻。纤维大麻中国最多，山东莱芜麻、河北蔚县白麻在国际上享有盛名。而意大利北部生产的为最佳。

纤维麻高 1~3 米，麻醉品大麻则要矮小得多。在长期的栽培过程中，植株被往矮小型培养，让其尽早开花以得到藏于花中的四氢大麻酚。有的品种已经缩减到了二十厘米！这让麻醉品大麻在室内生长有了可能。

话说我曾经有那么一次与大麻有过那么点关系。有一年我在我家楼下绿地里种了两株黄秋葵，正开花之际，有片儿警巡逻，发现了它，马上动手拔除，一边拔一边说：居然有人在小区里种大麻。

事发时我不在家，是邻居告诉我为什么好好两株黄秋葵残花败叶地萎倒在地。我想这位警察兄弟学毒品知识时上课不认真，下课不复习，竟然把黄秋葵当成了大麻。如果是不开花的植株，黄秋葵的叶子掌状五裂，和大麻叶子还有那么几分像。等到黄秋葵开花时，顶着大海碗那么大的黄色花朵，实在是和大麻没一点相似了。

鸳鸯蝴蝶　紫罗兰

《Purple Violets》（中译《紫罗兰》）

◎片　名　紫罗兰 Purple Violets
◎年　代　2007 年
◎国　家　美国

◎导　演　爱德华·伯恩斯 Edward Burns
◎主　演　塞尔玛·布莱尔 Selma Blair
　　　　　帕特里克·威尔森 Patrick Wilson
　　　　　爱德华·伯恩斯 Edward Burns
　　　　　黛博拉·梅辛 Debra Messing

在豆瓣电影搜索条里键入"紫罗兰"，可以得到至少八部片名里含有"紫罗兰"这个词的电影。美国2007年的爱情文艺片《紫罗兰》、2011年的讲述两个少女杀手的故事《紫罗兰与雏菊》、2008年的反映种族歧视的《美国紫罗兰》……

这么多的电影都以紫罗兰命名，可见紫罗兰受欢迎的程度。这里面涵盖了文艺爱情片、悬疑搞笑片、动作枪战片，甚至包括从重大问题和真实事件改编而来的社会现实题材。而单从名字来看，紫罗兰无疑是具有罗曼蒂克风情的，最适合演绎一段浪漫爱情故事。《致命紫罗兰》这样的片名，总有违和的感觉。

这个直观感受是有历史原因的。我们现在已经非常熟悉紫罗兰这个名字了，任何一个城市，不管是北上广这样的超级大都会，还是二三线的省会城市，抑或四五线的县市，总会找得到一家名叫"紫罗兰"的发廊。就像三四十年代的舞厅一定有叫"白玫瑰"的，酒楼一定有叫"共和春"的，戏剧里的小姐一定是叫兰英、兰贞，丫头一定是梅香、春香。

发廊叫"紫罗兰"，不知不觉就带了风尘气，好像随时会走出来一个穿紧身旗袍的细腰女郎，顶着一头刚刚做好的螺丝卷电烫卷发，娉娉婷婷地走过来，走过路边一个不相干的人的面前，又走了过去，走进那间名叫"白玫瑰"的舞厅。这一朵带着风尘气息的紫罗兰花，从早期的《神女》到前些年的《色戒》，只要放进去，都毫不碍眼。

这一切只是因为"紫罗兰"这个名字，在中国发端伊始，就和鸳鸯蝴蝶派拉上了关系，从此再也脱离不开这些鹣鹣鲽鲽的痴男怨女的感情纠葛。

紫罗兰这个名字最早被广大人民群众所熟悉，是起始于一本流行于20世纪二三十年代的都市时尚类通俗文学期刊《紫罗兰》。这本正方形的杂志的刊头名字由当时便声名显赫的京剧大师梅兰芳所题，内容则是著名作家周瘦鹃主编。

《紫罗兰》杂志的封面多是年轻时髦的都市女性，内页还有插画和仕女画。内容偏休闲趣味，目标群体是新兴的城市知识女性和小知识分子和中产阶级，什么小说笔记、长篇连载、时装首饰、侦探破案、逸闻趣事，百科常识等等，算得上包罗万象。现在的时尚杂志也不过如此了，而撰稿人又岂得和《紫罗兰》的作者相比？周瘦鹃之外，还有包天笑、秦瘦鸥等一代鸳鸯蝴蝶派领军人物。

《紫罗兰》杂志在1930年6月出至第96期时停刊，到1943年4月复刊，第二期就刊载了张爱玲的小说《沉香屑·第一炉香》，第三期又发表她的《沉香屑·第二炉香》，张爱玲女士一炮而红，从此开启了她的传奇时代。只是世道差，连累《紫罗兰》杂志的运气仍然不好，1945年3月又停了。

至于为什么周瘦鹃两次编杂志都要用"紫罗兰"这个名字，他有一篇《一生低首紫罗兰》里曾写到过：

> 　　我之与紫罗兰，不用讳言，自有一段影事，刻骨倾心，达四十余年之久，还是忘不了。只为她的西名是紫罗兰，我就把紫罗兰作为她的象征。于是我往年所编的杂志，就定名为《紫罗兰》、《紫兰花片》，我的小品集定名为《紫兰芽》、《紫兰小谱》，我的苏州园居定名"紫兰小筑"，我的书室定名为"紫罗兰庵"，更在园子的一角叠石为台，定名为"紫兰台"。每当春秋佳日紫罗兰盛开时，我往往痴坐花前，细细领略它的色香。而四十年来牢嵌在心头眼底的那个亭亭倩影，仿佛从花丛中冉冉地涌现出来，给我以无穷的安慰。
>
> 　　金鱼中有一种从北方来的，叫作紫兰花，银鳞紫斑，雅丽可嘉，旧时我曾蓄有二十尾，分作两缸，与紫萝卜花并列一起，堪称双璧。

他在文后写"与紫萝卜花并列一起"，看得我笑出声来。这紫罗兰本来就是十字花科，和萝卜白菜同科，就算紫罗兰与紫萝卜花并列，那也是堪称双璧的。

紫罗兰有单瓣和重瓣两种品系。重瓣品系观赏价值高；单瓣品系能结种，重瓣品系不能。紫罗兰通过不断的培育，花色有粉红、深红、浅紫、深紫、纯白、淡黄、鲜黄、蓝紫等多种颜色，不止紫色一种。是以电影片名里就出现了《Purple Violets》和《Violets are Blue》——紫花紫罗兰、蓝色紫罗兰。

紫罗兰 · 十字花科紫罗兰属。二年生或多年生草本。原产欧洲南部，为欧洲名花之一，现在我国南部地区广泛栽培。园艺品种甚多，有单瓣和重瓣两种品系。重瓣品系观赏价值高；单瓣品系能结种。

《Purple Violets》这部文艺爱情片，闷是闷死人。两对大学情人，在离开大学走入社会十二年后，无意中在一间餐馆里重逢。女孩和女孩吃她们的体己茶，男生和男生品他们的知心酒，重逢的震荡过后，大学时代的情愫重又悸动。当年的小误会在不断的纠缠和求证后得到谅解，有情人的和情人再见，有丈夫的和丈夫分手，四个人重新回到大学时代的标配。

这部片子，弥散着浓浓的大学情怀。从女主角塞尔玛·布莱尔饰演的房产经纪人一角就开始走校园路线，身在世界级的大都市纽约，身为职业女性的女主角不穿职业装，那一身织花毛衣和仔裤短靴披肩直发无不渲染着她不肯放弃的学院风；而编剧兼导演的爱德华·伯恩斯还在里面客串男二一角，演一个专攻合同法的律师，总是抨击他的大学同学兼侦探小说家的男一号，说他的小说里尽写些无聊的废话。

肯拿自己寻开心的作者总是比较可爱的，知道这些废话都是由他写出后，便不由得要会心一笑。因此这部沉闷的伪都市实校园的文艺片，就算故事再老套，也无所谓了。谁没有一段刻骨铭心的爱情往事呢？爱德华·伯恩斯有，他把他的故事拍成电影，并让男主角在片子结尾时以"紫罗兰"为名，写出他真正想写的文艺小说，而不是书商们要他不停写下去的侦探故事——这个人的故事他已经写了五本，实在不想再写了。他在第五本里让他死了，好着手创造他心中的人物。

周瘦鹃也有这样的少年情怀，即使四十年后，也没有忘记伊人的芳名，身周所有的事和物无不烙上她的印迹。紫罗兰这个名字，不管在西方还是在东方，都是文艺爱情的代言人。

浪漫依旧 滨菊

《You've Got Mail》（中译《电子情书》）

◎片　名　电子情书 You've Got Mail
◎年　代　1998 年
◎国　家　美国

◎导　演　诺拉·艾芙隆 Nora Ephron
◎主　演　汤姆·汉克斯 Tom Hanks
　　　　　梅格·瑞恩 Meg Ryan

1998 年，由汤姆·汉克斯和梅格·瑞恩主演的浪漫爱情喜剧片《电子情书》上演，我第一时间去买了盗版 VCD 来看。这版盗版盗得真的是"第一时间"，连刻录的 DVD 都不是，它是从电影院里翻拍的，片子里除了剧中人物的对话外，还伴随着观众的笑声。俗称的"枪版"是也。但就是这样我也要看，谁让我是这两位的粉丝呢。从他们合作的《西雅图夜未眠》开始，他们演的每一部电影都看，合作过的更是一部不落。

浪漫爱情电影这个类型片，中国可以说少之又少，去年出了一部《失恋三十三天》，今年又出了一部《北京遇上西雅图》，全都票房大好。要说故事有多好看多新奇，并不见得，但这个类型片在中国市场上的缺失，自然会导致这样的结果。而好莱坞则不同，任何类型片都有教科书那样的片子树立在那里，黑帮片有《教父》，科幻片有《星球大战》，枪战片有《终极标靶》，歌舞片有《出水芙蓉》，战争片有《巴顿将军》，浪漫爱情喜剧片则有《西雅图夜未眠》。而国产电影《北京遇上西雅图》，很明显从前者那里借鉴了一点浪漫元素。

影片中，乔带了一束花去看生病的凯瑟琳。梅格·瑞恩饰演的可爱的女主角抚摸着雪白花瓣黄色花蕊的滨菊笑嘻嘻说话，屏幕下方打出的字幕是："雏菊。我喜欢的雏菊，它看上去是那么和善。"

十五年前我看的是枪版，十五年后想起这部电影来，再从网上搜视频，下方的字幕条有的对话改过了，有的用语换了，但"雏菊"始终没有修正过。之所以会产生这样的错误，是因为电影里凯瑟琳说的是"daisy"，这个词有两个解释，一是雏菊，二是菊科植物的通称。翻译带来的错误，便由此而来。

菊科植物是太常见的花，种类虽然多到数不清，但都有相同的特点，不管怎么变，万变不离其宗。对植物再不熟悉的人，看见任何一种菊科植物，都会说：哦，野菊花。许多不是野菊花的菊科植物也被划拉到野生种群里。许许多多园艺栽培的著名观赏菊，就那样被人漠视地当成了野菊花。

雏菊，变成了叫不出名字的小菊花的代称。人们都爱雏菊，只不过真见了雏菊，也未必知道它就是雏菊。而滨菊和雏菊，则是从形状到颜色都毫无相似点的两种菊科植物。

菊科的大多数花为头状花，花瓣为舌状。舌状花瓣有条形有管形有筒形有匙形。雏菊的舌状花瓣为条形，条形花瓣密密组成一个半圆，像一朵蒲公英的种球，颜色红紫粉白都有，植株和花茎都长不过二十厘米，基本上是贴地而生。而滨菊则完全不同，茎直立，头状花有长花梗，可达八十厘米，舌状花瓣白色，管状花瓣黄色，也就是白瓣黄心。正因为滨菊的花梗有八十厘米长，才可能作为鲜切花出现在花店里，包裹在软纸中，捧在手上，然后插进花瓶内，温暖并软化凯瑟琳那颗受到乔伤害的心。

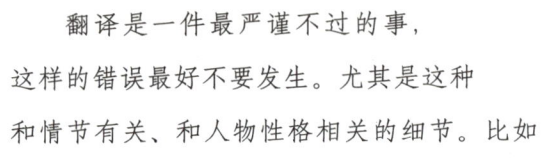

无数的"daisy"都被译作了"雏菊"，正宗的雏菊
是这个样子的——出乎你的意料吗？

　　翻译是一件最严谨不过的事，
这样的错误最好不要发生。尤其是这种
和情节有关、和人物性格相关的细节。比如
片中的女主角凯瑟琳，是一个有知识博览群书的书店主人，她来往
的人是作家和出版商。看她房间里的布置，就知道她是一个有乡村
田园情结的女孩，有着浪漫温柔的情怀。

　　她的屋子里，到处可以见到植物和各种植物装饰。大门后有一
组四幅画是旋覆花的各个生长细节；客厅和卫生间之间墙柱上是风
信子；书桌上放了一瓶玫瑰花，窗边的旧边柜上是一瓶干的八仙花。

　　她的书店柜台上是一瓶橘黄色的康乃馨，当然你知道康乃馨是
母亲节的花。这家儿童书店是母亲留给她的，已经在这条街上存在
了四十二年。凯瑟琳在书店的柜台上放一瓶康乃馨不是没有理由的。

　　这部电影细看一下，无处不见植物的影子。感恩节，凯瑟琳去
市场买花，买的是黄色的菊花，标准的菊花，中国人最熟悉的菊花。

　　乔泡一壶茶和凯瑟琳一起喝。凯瑟琳在沙发上坐下来，棉布的
沙发套子上的印花是石竹花。

　　乔邀请她去逛农夫市场，她买了三束铃兰。乔送她回家，大楼
门前的花盆里种的是白色的仙客来和绿色的常春藤。乔约她在河边
的小花园见面，花园里开满了花。镜头扫过，一眼可以认出的有德

滨菊· 菊科滨菊属。多年生草本。菊科植物都是头状花序，以滨
菊为例，周边的白色"花瓣"，实为一朵朵舌状花，中央黄色的"花
蕊"，实为无数朵管状花。滨菊原产南欧，日本人引进后培育出了
大花滨菊。图为大花滨菊。

国鸢尾、毛地黄、虞美人、大花葱……

这部电影的编剧是诺拉·艾芙隆，她身兼编剧、导演、制片人、演员和作家于一身，十分传奇。由她编剧兼导演的浪漫爱情文艺片《西雅图夜未眠》一举捧红了梅格·瑞恩，造就了她在整个90年代无人可撼动的"好莱坞甜姐"地位。女作家女编剧女导演深知女性观众想看什么样的浪漫爱情电影，因此她的作品才能这样成功。

浪漫爱情故事的制造者自己的爱情故事浪漫吗？非常浪漫。她的第二任丈夫在他们结婚前曾向她求婚无数次，在各种场合、在随时随地，并说：我永远爱你，至死不渝。爱到天荒地老，永不变心。

因为有过一次不幸的婚姻，这一次她迟疑了，她想了又想。但身为女人，到底对美好的婚姻抱有永远的向往，她再一次爱上了一个人，并信任他，放弃熟悉的出生地，到了另一个陌生的城市。

婚后时间不长，她有了一个两岁的儿子，又怀了七个月身孕，却猛然发现，丈夫有了外遇。那至死不渝地老天荒永不变心的诺言哪里去了？那说这些诺言的人哪里去了？那说着傻气的浪漫宣言的人，怎么就变了？

到底是谁变了？是自己？是他？是诺言本来就是用来打破的？是浪漫本来就是易逝的？是婚姻真的会让爱情变得平淡？

她又一次离了婚，独自带着两个儿子，写下了这段故事，书名《Heart Burn》，这是1983年。在1986年，她把这本书改编成电影，亲自执导，由梅丽尔·斯特里普和杰克·尼克尔森主演。1990年，她编剧了《当哈利遇上莎莉》，再然后，有了浪漫至极的《西雅图夜未眠》。在网络、电脑和电子邮件流行起来后，制片人意识到这是个绝好的主题，她看中四十年代的一部黑白电影《街角商店》，说如果我们不早下手，就会被别人抢去了。后来这个片子交到了诺拉·艾芙隆手里，她改编了这个故事，把原来电影里小杂货店改为书店，一对情人的笔友关系改为网友和网恋，切准了时代的脉搏。互联网看上去漫无边际，但和一座大都市一样，由一系列社区组成，所有人都有所关联。

即使两次婚姻不幸，她仍然有一颗浪漫的心，她温柔地安慰着一颗颗孤独的男心女心。即使心痛过，流过血，受过伤，结了疤。但撕开疤，仍是一颗活泼跳动的渴望爱情、渴望浪漫的温柔的心。

艺多不压身，在做电影编剧导演制片人这些之前，她是一位烹饪书作家。西式烹饪，香草香料新鲜菜蔬必不可少。拌起色拉来，蒲公英金盏菊鼠尾草都是盘中之菜。由这样一位精通植物和香料的作家拍摄的电影，片中充满绿色植物就太正常不过了。

另外，她的第二任丈夫不得不提，此君大大地有名，他名叫卡尔·伯恩斯坦（Carl Bernstein）。

1972 年，伯恩斯坦是《华盛顿邮报》（*Washington Post*）的记者。他和另一位记者鲍勃·伍得沃德（Bob Woodward）于 1972 年 6 月 19 日在该报上发表了一篇揭露水门事件的报道，由此改写了历史，导致美国前总统尼克松下台，这两个人的名字也因此与水门事件永远连在了一起。

祈祷之花　　竹芋

《Léon》（中译《这个杀手不太冷》）

◎片　名　这个杀手不太冷 Léon
◎年　代　1994 年
◎国　家　法国

◎导　演　吕克·贝松 Luc Besson
◎主　演：让·雷诺 Jean Reno
　　　　　娜塔莉·波特曼 Natalie Portman

吕克·贝松的这部电影一出，穿吊脚二马裾裤子和茧形大衣的古怪杀手莱昂马上风靡一时。从他每天必喝的两盒牛奶到每天早晨必搬到窗台上晒太阳的植物都成为话题，"豆瓣"上连篇累牍的对细节的解读和解构无不要彰显写作者的另辟蹊径和视角独特。把一个游走在社会边缘的、生活在黑暗中的、连睡觉都不敢躺着还要戴上墨镜才敢休息的杀手对生活的热爱对正常人的向往等等，都放在了牛奶和这盆植物上。

　　他们说"这盆植物"、"心爱的植物"、"这盆绿色植物"、"每天打理植物"、"给植物擦灰喷水"、"一个女孩和孤零零的花"、"莱昂的那棵小树"、"男人心爱的绿色观叶盆栽"，最离奇的一句描述是"玛蒂尔达在草地上种下兰花……你知道么，玛蒂尔达。其实你才是他最爱的那株兰花"——怎么会认为海报上莱昂环抱着的那盆绿色观叶植物是一株兰花？

　　所有的文字都在说这盆植物，说着绿色盆栽的象征作用，引用着莱昂在电影里的话："因为它永远都很快乐，而且从不发问。"

　　植物是不会发问，但看电影的人是可以问的：让万千观众心痛不已的老少年莱昂这么喜欢的"这盆植物"是什么？它确定肯定以及一定不是一棵兰花，它甚至不是万年青，绝对不是龙血树，它是一棵竹芋。

莱昂把一棵竹芋搬出搬进晒太阳；莱昂手执喷水壶清理竹芋的叶片；莱昂和玛蒂尔达搬了数次家，走到哪里都带着这盆竹芋，甚至电影海报上都是这个定格的画面；最后玛蒂尔达把这棵竹芋种在学校的草地上，上面是大树连片，镜头拉远，连绵的树冠后面是城市的轮廓线，标志性的建筑告诉观众，这里是纽约。

纽约的冬天，2011 年气温达到零下九度，雪一蓬蓬地下，车道积雪半米深。亲爱的玛蒂尔达，你种下的竹芋一定会冻死的。

莱昂说过，这棵植物没有根，玛蒂尔达说，种在土里就会有根了。于是在电影的最后，玛蒂尔达把这棵带着莱昂无限爱情和深情的植物种在地上，希望它能生根，长成一棵树。她希望"我们在这里会过得很好"。

玛蒂尔达对莱昂的依恋是出于对家庭的向往，她的家是那样一个混乱肮脏充满毒品与背叛的社会最底层的家，她时常挨打，没人关心，唯一的温暖来自她四岁的小弟弟的拥抱。但就是这样，她也没有离家出走，而是逃学，留在家里，清理房间，购买食物，照顾弟弟，少量的娱乐来自电视上的动画片。说到底她是一个孩子，需要家庭和成年人的关爱，而莱昂正好给了她这些。玛蒂尔达确实是像这株植物，没有根，需要阳光和雨露，需要照顾和呵护。她希望有个家，就像一株植物需要根。

莱昂不需要根。他没有家庭，也不向往家庭，在他十九岁时女友被她的父亲杀死后，他从意大利来到美国，到了纽约，生存下来，当了一个杀手，从此再没有交过女朋友。他把他的柔软的心和感情封闭在了十九岁那年的青春里，像一棵无根的植物那样活了下来，没有人需要他，他也不需要任何人。

而玛蒂尔达却是绝望地渴望一个正常家庭的少女。她知道一个家庭会给人怎样的安全感，即使乱糟糟，也总比没有家好。在失去她的家之后，她着手为自己创建一个家。她做得很成功，她进入了莱昂的茧形世界里，她有人可以去关心，也有人关心她。这对她而言，已经是最好的了，再没有人骂她、打她、忽略她，她是这个小家庭的小女主人，生活本来可以很好，如果莱昂不是一个杀手的身份，如果她不是心心念念要为她的家人和心爱的弟弟报仇。

在那一段时间他们真的过得很快活，他教她技能，她教他识字。开心玩游戏，一起找生活。照顾那棵没有根的竹芋，希望它能长得很好，叶片没有黄，叶茎很挺拔。它是一棵竹芋，来自热带雨林，它没有根。

但是竹芋，却是需要根的。没有根的竹芋，照顾得再好，喷再多的水，晒再多的太阳，都无济于事，它活不长。

莱昂在纽约养了一盆热带植物，他悉心照顾，每天向叶面喷水，擦灰，吹风透气，这些做法都很好，很正确。但是搬进搬出晒太阳，就不必了，热带植物都有喜阴的特点，夏天放在窗户里，有薄纱遮挡的散射光是最好的。至于冬天，纽约的冬天有城市供暖系统，可以安全过冬，但有暖气就意味着干燥，一定要多喷水，浇水不要过湿，可以安然过冬。

作为一种优良的室内观叶植物，竹芋真不算十分好养。相较中国南方城市常见的滴水观音、袖珍椰子、蜘蛛抱蛋、竹蕉（龙血树）

等，极易焦叶。由于长期放在室内，空气不流通，叶背容易生红蜘蛛。一旦生了红蜘蛛，叶面就会卷曲干枯，影响观赏价值。红蜘蛛有很强的繁殖能力，在初期可以用肥皂水清洗叶子背部，到后期就只能把这一片叶子剪去了。一个冬天下来，常常会剪得只剩三五片叶子。

竹芋品种很多，约有二十多种，常见的栽培观赏品种有：斑叶竹芋、白脉竹芋、花叶竹芋、紫贝竹芋、天鹅绒竹芋、孔雀竹芋、豹纹竹芋等。

莱昂种的这棵竹芋，就是一般常见的花叶竹芋。因为豹纹竹芋又名祈祷花，引申开来，竹芋也就有了祈祷花的别名。因此导演给莱昂准备一株祈祷花作为心灵的安慰，也许就说得通了。不然一株种在冬天室外必死的热带植物，导演让玛蒂尔达在种下这棵饱含莱昂深情并付出生命保护的植物时说出"我们在这里应该过得很好"的话，就很让人担心了。

只有一棵竹芋被命名为"祈祷花"时，这一切才有了意义。只有面对一株"祈祷花"，玛蒂尔达在绿树荫下种下它，又说出"我们在这里应该过得很好"的话，才足以安慰莱昂在天之灵。玛蒂尔达那瘦小的身影在拉空的大镜头下才有了宗教般的意义，那让她看上去像是在祈祷。

竹芋原产南美洲热带地区。性喜温暖、湿润、半阴的环境。图为花叶竹芋。

作为一个法国人，一个世界级的电影大师，一个拍出《鸟的迁徙》和《碧海蓝天》这样具有人文关怀情怀的文艺中年，在他的电影里出镜率那么高的一棵植物，没有点象征意义，观众也是不会答应的。

竹芋这个名字，很有意思，是指它叶片像芋，根部像竹。竹芋的根茎粗大肉质白色，末端纺锤形，具宽三角状鳞片，和竹笋差不多，因此另外有个名字就叫"竹薯"。块根的口感像薯类，富含淀粉、食物纤维和植物蛋白，南美人一直拿它当主食。话说我们现在吃的薯类，都是来自南美，诸如红薯（番薯）、土豆（马铃薯）、山药（薯蓣）、地瓜（凉薯）……好多薯类我们已经吃了很多年，也许不久后，超市的生鲜食品部里也会出现竹薯（竹芋）的身影。

美国人是吃竹芋的。在一篇名为《美国南北战争中的战俘问题研究》的文章中，提到："医院由破布帐篷搭建，里面没有病床，只有稻草堆，成千上万名战俘不得不睡在光溜溜的地上。虽然医生能得到少量面粉和竹芋，但病患的食物同战俘营的同伴几乎无异。"

只有见到实物，才能明白竹芋确实是可以和面粉排列在一起，成为人们的盘中餐。日本人一向勇于尝试新事物，他们会把魔芋这种奇怪的天南星科的植物根茎做成粉丝状，行销全世界，当然也会把竹芋的根部磨成浆，凝结后做成面条，晶莹剔透，赏心悦目。

一棵竹芋没有根，那会是怎样悲惨的境地，无从获取营养，没有支撑的根茎，风一吹就东倒西歪，晒再多的太阳又有什么用。

就像一个人没有家，小女孩没有人爱。

生活从来就是这么艰难。

青春易逝　苹果花

《*The Cider House Rules*》（中译《苹果酒屋法则》）

◎片　名　苹果酒屋法则 The Cider House Rules
◎年　代　1999 年
◎国　家　美国

◎导　演　莱塞·霍尔斯道姆 Lasse Hallström
◎主　演　托比·马奎尔 Tobey Maguire
　　　　　查理兹·塞隆 Charlize Theron
　　　　　迈克尔·凯恩 Michael Caine

有时会想，当年那些美人，都去了哪里？

2003 年，在《偷天换日》中，一群男人为查理兹·塞隆配戏，包括留小胡子的爱德华·诺顿。她金发梳得溜光，把个 MINI Cooper 的小车子开得风驰电掣，从水里到冰上，作为 MINI Cooper 车的广告片，她是完美的代言人，就那样被她吸引了。同一年，她凭借另一部作品《女魔头》得了奥斯卡和金球奖的双料最佳女主角，但这部电影我却不敢去看，受不了一个美女为了显得有实力，硬要把自己弄成那个样子。虽然好像这一招万试万灵，多少美女帅哥都爱走这一步。自此以后，就鲜见她再有佳作。

当年第一次见她，是在《苹果酒屋法则》里，并没觉得十分抢眼，许是戏份少的原因，这部电影的主角是荷马（托比·马奎尔，后来的蜘蛛侠），甚至拉奇医生都比她有光彩——当他每晚对着孤儿们说"晚安，缅因州的王子们，新英格兰的国王们"的时候，不能不为之动容。

就像书名和电影片名叫《苹果酒屋法则》那样，每一行每一地方每一种生活方式，都有其各自的规则，世间的规则总是在那里，不管看不看得见，不管认不认识字，违反了就要付出代价。在荷马打工的苹果酒屋里的墙上贴了那里的工作和生活规则，有个工人违反了规则把烟头扔进了酒槽，工头阿瑟命令他爬进去捡出来再清洗整个酒槽。但也是这个严格遵守规则的老实人，却长期强暴女儿罗斯，致其怀孕。

荷马从拉奇医生那里学到了精湛的外科手术，但他坚决反对堕胎，宁可在苹果酒屋工作十年也不回孤儿院拿起手术刀。但是，他为罗斯做了堕胎手术。

这个世界是如此地残酷。男人需要女人，女人则要填饱肚子。在这个过程中，婴儿真正是多余的。这个主题太大太沉重。电影里荷马在为罗斯做完手术后就回到了孤儿院，拿起了拉奇医生留给他的手术刀，而在小说中，这个过程延长至十年。荷马从小生活在孤儿院这个单纯的环境中，是非要经过十多年岁月的流逝才能明白的。

荷马在苹果酒屋打工，中间回过孤儿院，他带回了沃利苹果园的树苗，把它们种在了孤儿院的周围。那以后，孤儿院四周的山坡上，每到春天，就开满了雪白的苹果花。那些孤儿们，那些被遗弃的男孩和女孩，那些无人收养的孩子，在孤寂的童年里，有这样一整座山的苹果花陪伴，当不至太过凄凉。他们在这样的春日里，也会像拉奇医生的晚安祝词那样成为心灵的帝王：晚安，缅因州的王子们，新英格兰的国王们。

我对苹果花有着偏执般的喜爱，除了因为《苹果酒屋法则》这个小说和电影，还源于少年时看过一部小说《苹果树》，英国现实主义作家约翰·高尔斯华绥的中篇名作，他自认为最好的作品。那是第一次接触高尔斯华绥的作品，当读到"这苹果树，这黄金，这歌唱"时，有一种陌生的情绪袭来，后来知道，那是被美触动。

当这春夜暖融，夜莺啼唱，草木萌发清气，苹果花香得人沉醉，怎么不让人心动？
……
这个春天当然跟他经历过的任何春天不一样，因为春天在他心里，不是在他身外。
不知不觉暮色已经降临，笼罩在被雕刻过的、具有亚述风光的大堆岩石上。大自然的声音对他说："这是展开在你面前的一个新世界！"这时的光景，正像一个人四点钟起身，走到外面夏天的早晨里去，鸟兽草木都凝视着他，仿佛一切都焕然一新了似的。

这种快乐影响了我，每次看到苹果树和苹果花，似乎那希腊歌唱般的音律、诗般的句子和脆弱悲伤组成的美丽都会再一次刷过心头。这是第一次，大自然的声音对我说："这是展开在你面前的一个新世界！"原谅我这样大段地摘抄原文，因为除了原文，谁还能写出这样的诗般的句子，来歌唱春天和生命？

从生命最本质里萌发出的对青春的赞美，不惜生死，不吝情感，只为歌唱。哪怕短暂，也要怒放，这就是花的生命，也是青春的咏叹。梅根如一朵盛放到残的苹果花，用生命做了注脚，临死也无怨，也要让人把她葬在苹果树下，怀着的是对情人的思念。她的美丽因生命的突然休止而暂停在了那花一样的年华里，而艾舍斯特呢，从二十五年后的岁月往回看，才发现他的生命里缺少的正是那苹果树、那歌声和那黄金。

那些苹果花一样美丽、歌声一样欢畅、黄金一样珍贵的生命永恒，曾经在他面前打开过一扇门，但他屈服于世俗的规则，抛弃了苹果花一样美丽芬芳的乡村姑娘，选择了同阶层的女孩做他的妻子。爱神拿苹果花姑娘做了春天的献祭，他亲手关上了那扇门。

英国曾经在1988年拍过这个故事，名字改为《A Summer Story》。如果不是因为喜欢英国电影，去看了这部译为《仲夏之恋》的片子，那就错过这个充满华美青春和草木芳香的灿烂篇章了。

苹果是人们最熟悉的水果了，但苹果花见的不多，除非是果园人家，不然在城市里，还真是很难找到一株苹果树。我拍花写植物这几年，只见到过一棵真正的苹果树而已，其他多是与苹果树最为接近的海棠树。

苹果花初开，花苞外面有着淡淡的粉红色，像染了水彩泅了水，浅淡色似有似无，到盛开时是一树雪白，与海棠花的浓艳迥异。

我国现在栽培的重要苹果品种有自欧美直接输入者，也有自日本转来者，也有自己培育成的新品种。早期栽培的中国苹果品种有片红、彩苹、白檎等，属于早熟种，不耐储藏，经久质变，俗称绵苹果。近世传入中国的苹果，俗称西洋苹果，系在1870年开始引

苹果· 蔷薇科苹果属。落叶乔木，高可达十五米。
是著名果树，全世界栽培品种数在一千以上。

海棠果酸甜可食，可加工为果脯、水果罐头、冰糖葫芦。

入烟台，以后在青岛、威海卫以及辽宁、河北等地陆续栽培。烟台苹果有名，便是这个原因。

绵苹果可能比较接近古书上说的"柰"。《齐民要术》上说："柰有白、青、赤三种。张掖有白柰，酒泉有赤柰。西方例多柰，家以为脯，数十百斛以为蓄积，如收藏枣栗。"北魏杨炫之撰《洛阳伽蓝记》说"报德之梨，承光之柰。"洛阳寺庙出产佳果，报德寺的梨，承光寺的柰。苹果和梨并列，这种熟悉感很亲切。

有的书上认为柰和林檎就是苹果，如明朝的李时珍在《本草纲目》上说："柰与林檎，一类二种也，树实皆似林檎而大。"明代文震亨的《长物志·蔬果》篇里也说："西北称柰，家以为脯，即今之苹婆果也。吴中称花红，即名林檎，又名来禽，似柰而小，花亦可观。"

前面还只是说"柰"是一种水果，到了这里，已经指明它是蔷薇科苹果属了。至于文震亨提到的苹婆果，从字面上看已经很像苹果了。有说苹果古称就是频婆或苹婆，有个在今天看来略显奇怪的名字。这个名字来自佛经中的频婆果，源出梵语。《佛光大辞典》谓印度有频婆树，乔木类，果实鲜红色，意译为"相思树"。《佩文韵府》引《翻译名义集》："频婆，此云相思果，色丹且润。"由于频婆果色丹且润，故佛典多用以譬喻口唇之美，《敦煌变文集》

中亦数见之。

频婆果"色丹且润",和现在的红富士苹果很像，并且与梧桐科的"苹婆"也很像。苹婆树形优美，荚内有籽，籽色猩红，远看如凤眼，因有凤眼果之美名。明人谢肇淛撰《五杂俎》上有云："上苑之苹婆，西凉之蒲萄，吴下之杨梅，美矣。苹婆如佳妇，蒲萄如美女，杨梅如名妓，荔枝则如冰肌玉骨、可爱而不可狎之广寒仙子。"这里的苹婆，显然是苹果，而梧桐科苹婆是坚果，与板栗颇有相似之处，怎么也不会和葡萄杨梅站在一个队伍里。但南方人习惯上喜欢把"苹婆如佳妇"这一句单拎出来，加之于俗名"凤眼果"的苹婆身上。

幸亏从明代开始出现了"苹果"这个词，不然还要和"凤眼果"纠缠不清。

为什么我们的文学作品里没有苹果与苹果花呢，除了苹果不是中原地区原产外，还因为我们有了海棠果和海棠花。京剧《游龙戏凤》里正德皇帝见了李凤姐都唱："好人家，歹人家，不该斜插这海棠花。扭扭捏捏捏多俊雅，风流就在这朵海棠花。"

皇帝和民女因一朵海棠花结缘，怎么也该算在春天里的"这苹果树、这歌唱、这黄金"的名下。

世界和平　　柠檬树

《Etz Limon》（中译《柠檬树》）

◎片　名　柠檬树　Etz Limon
◎年　代　2008 年
◎国　家　以色列 ／ 德国 ／ 法国

◎导　演　伊安·瑞克利斯　Eran Riklis
◎主　演　西娅姆·阿巴斯　Hiam Abbass
　　　　　阿里·苏莱曼　Ali Suliman
　　　　　海莉·雅隆　Hili Yalon

柠檬树长在绿线边界的两边，位于以色列和约旦河西岸之间。

以色列和德国、法国合拍的电影《柠檬树》在片头，就打出这么一行字。这部 2008 年的电影，在当年的柏林电影节上大放光彩，在之后各种电影奖电影节上屡次被多项提名，最终获得欧洲电影奖的最佳女主角和最佳剧本奖。

电影片头的这句话，已经说明了一切。光是地名就已经提供了足够多的背景解释，"以色列和约旦河西岸"，在新闻节目里听得烂熟的几个名词组合，不用再讲其他，一切尽在不言中了。

电影最后，萨玛守着那一园只到她膝盖高度的柠檬树桩子徘徊不去。国防部长孤独颓丧地望着窗外，几米远处原来青绿的柠檬树林不见了。部长的家在四面灰色水泥高墙的围绕下，看上去和监狱没什么区别。他的妻子因反对他这样强权的做法无果，离开了她亲手布置的新家。所有人都没有胜利，除了律师齐拉德，他借这个案子得到全世界媒体的关注，扬了名，得了利，还娶到了白富美且年轻的妻子。

在看这个片子时，心情跟着柠檬树的从繁茂到枯萎而难受，当看到最后那只到萨玛膝盖的柠檬树桩子，几乎要哭了。片头那么一片青翠的柠檬树啊，结满了金黄的柠檬，看一眼就口舌生津，想一下就仿佛能闻到柠檬花的芬芳。在那么干旱、四周除了黄沙黄土就是水泥隔离墙和铁灰色铁丝网的巴以边界，有这么一座青翠的柠檬园是多么难得，那些柠檬树已经生长了六十年，经历过多少次战争和冲突，它养活了萨玛一家，从她父亲到她的子女，但是仍然逃不脱被砍掉的命运。

这命运早就摆在那里，避不开躲不过抗争无力，历史沉甸甸压在命运的上头，个人命运又算得了什么呢？一年年的民族仇恨堆积，让一切变成死结，萨玛的坚韧和蜜拉的理智都左右不了自己的命运。

萨玛是保住了父亲留下来的柠檬树和柠檬园，可树桩子能结出柠檬吗？没有柠檬的产出和收益，萨玛终究还是只能离开，她赢了官司和输了官司没有任何区别。蜜拉倒是离开了，但这一出柠檬园风波对她的伤害不可谓不大，在过程中她愁困无助，在结束后她失去了丈夫。她几次想向萨玛伸出友好的手，但因为身边侍卫、民族矛盾的各种阻拦，她的友好讯息没能传出。

筑墙只能加重矛盾，从来起不到隔离的作用。看看中国的长城，阻止过草原民族南下了吗？没有，清军绕过山海关进入山东直逼北京，长城有什么用？清廷入主中原之后长城成为摆设，三百年后是旅游景点，任人写满"到此一游"的涂鸦。看看柏林墙，三十年间死在墙下的人有多少，一旦倒塌，碎石残砖被有眼光的人据为私物，成为发财的资本。

巴以间的隔离墙势必还要长久存在，加固加高，一路加长下去，地球上又将出现一道万里长城。本来这个柠檬园会是看久了水泥墙后治疗眼痛的清凉剂，但它的青绿在这一条灰色隔离线上就显得那么荒谬，清凉剂变成了眼中钉，不拔除不足以让人安心。

与萨玛的勤劳相对比的是村子里男人们的闲散。萨玛在柠檬园里劳作的时候，男人们在咖啡馆里打牌。当萨玛拿着通知走进男人们的这个自娱自乐的封闭世界时，他们全都停下来，盯着萨玛，怪她的出现打破他们的闲适。当萨玛在律师的帮助下准备诉讼材料时，村长出现在她家门口，只为警告她注意寡妇的名节和维护她死去丈夫的体面。当萨玛独自面对以色列官方的强权时，男人们沉默不语。除了会躲在萨玛的柠檬园里向部长家偷放冷枪，他们没有做过任何有益的事情。

男人制造矛盾，女人承受苦难。历来如此，古今中外，从无例外。

柠檬树，柠檬果子。在电影的开头，萨玛在腌制柠檬。新鲜摘下的柠檬用锯齿刀切成片，放进大口瓶里，再撒上红辣椒圈，倒大半瓶橄榄油和别的什么汁水，最后放盐和香料，摇晃均匀，盖上盖，等着时间把这一瓶柠檬变成巴勒斯坦风味的柠檬原汁。凡有客人来，萨玛就会调制一大杯柠檬水请客人喝，喝的人都会赞一句：味道很好。

这个用橄榄油腌柠檬的方子多少看上去有点古怪，香港人的"咸柠七"就需要盐腌柠檬角，喝的时候一块咸酸柠檬角加满杯的七喜汽水，解渴消暑祛烦恶，补充夏天出汗失去的盐分。柠檬经过盐腌，有一种醇厚的腌梅子香，正好抵消七喜的一味死甜，比单喝冰汽水要乐胃得多。

中国人一贯喜欢以咸养甜，以甜治咸。俗话说若要甜，加点盐；若要咸，加点甜。在辩证中制作美食，在低糖低盐中保持健康。菠萝要浸盐水，这是为了去涩，荔枝要浸盐水，则是为了去火，柠檬要泡在盐水里，以综合酸，和激发柠檬皮里的香精油。萨玛的油浸柠檬也应该是为了取得同样的效果，只是口味更丰富。

柠檬是芸香科柑橘亚属植物，这一属的植物都有一个特点，花、叶和果皮含芳香精油。这一属的植物还有一个特点，花都差不多。不论是柑橘、柠檬、来檬、酸橙、甜橙、香橼、佛手、柚子，花都长一个模样，光看花很难辨认是哪一种柑橘属植物，只有等结出果子来，才能一目了然。

柠檬果皮中含一种芳香物质叫柠檬醛，柠檬醛可以提炼香精、香油、香水、食品添加剂——做食品添加剂，全天然无任何副作用。谁都知道柠檬汁杀菌去异味，还可以防腐，是天然防腐剂，这些功效就有柠檬醛的功劳。所有含柠檬醛的植物的叶子都可以用来泡茶，提神醒脑，芳香驱疲，下气、和胃、消食。

柠檬是外来品种，明清两代的书册未见有柠檬的记载，说明它自国外引入的历史不长。但中国古有黎檬，苏轼著《东坡志林》卷一有《黎檬子》曰：

> 吾故人黎錞，字希声，治《春秋》有家法，欧阳文忠公喜之。然为人质木迟缓，刘贡父戏之为黎檬子，以谓指其德，不知果木中真有是也。一日联骑出，闻市人有唱是果鬻之者，大笑，几落马。今吾谪海南，所居有此，霜实累累，然二君皆入鬼录。

柠檬 芸香科柑橘属。常绿小乔木。原产东南亚，在中国栽培历史较短。果味酸，主要为榨汁用，或用作烹饪调料。

他在海南岛见过黎檬，写进书里，让后人得以知晓一二。

有书上说黎檬即柠檬，其实这二者并不是一种。黎檬果实用盐泡浸，称为咸柠檬。用盐或糖渍，加甘草作调料，称为甘草柠檬。妇女怀孕初期孕吐，可食甘草柠檬镇呕，故黎檬又叫"宜母子"。

宜母子这个名字多好啊。当男人们在竖敌时，女性们则是尝试和解。铁丝网隔开了两个女人彼此的善意，当蜜拉翻越铁丝网走到萨玛的门前时，柠檬树差那么一点点就成了橄榄枝。但这不过是女人们不切实际的愿望，现实不会按她们的愿望去发展。事实是萨玛的柠檬树被砍得只剩下了树桩子，而蜜拉离开了这个让她沮丧失望的新家。

当世界充满暴力的时候，但愿母性可以让失去理性的人们理智。有一张新闻图片曾经使我感动，那是埃及开罗街头的暴乱，示威的人群中一个老妈妈上前亲吻一名全副武装的士兵。士兵一动不动，眼中含泪，任这个不相识的老妇人吻上他的脸。在那一刻，他不是防暴警察，他只是所有妈妈的儿子。人性的光辉势必会是拯救的最后力量。

我还想起电影《特工佳丽》，在佳丽们的演说词中，最后一句一定是"世界和平"。不管来自哪个地方的候选人，不管她们发表什么言论，有关哪个方面，只有说完"世界和平"，演说才算结束。

那么，就用这部《柠檬树》来说最后一句：世界和平。

图书在版编目（CIP）数据

一番花事著花影：当植物遇上电影／蓝紫青灰著；
猫小蓟绘 . —济南：山东文艺出版社，2014.1

ISBN 978-7-5329-4079-0

Ⅰ . ①一… Ⅱ . ①蓝… ②猫… Ⅲ . ①散文集－中国－
当代 Ⅳ . ① I267

中国版本图书馆 CIP 数据核字（2013）第 298649 号

一番花事著花影
—— 当植物遇上电影

蓝紫青灰　著

主管部门	山东出版传媒股份有限公司	
出版发行	山东文艺出版社	
社　　址	山东省济南市英雄山路189号	
邮　　编	250002	
网　　址	www.sdwypress.com	

读者服务　0531-82098776（总编室）
　　　　　　0531-82098775（发行部）

电子邮箱　sdwy@sdpress.com.cn

印　　刷	山东临沂新华印刷物流集团	
开　　本	890毫米×1240毫米 1/32	
印　　张	8	
字　　数	168千字	
版　　次	2014年1月第1版	
印　　次	2014年1月第1次印刷	
书　　号	ISBN 978-7-5329-4079-0	
定　　价	39.00元